उत्तर प्रदेश
वस्तुनिष्ठ

उत्तर प्रदेश वस्तुनिष्ठ

संजय कुमार द्विवेदी

प्रभात पेपरबैक्स
www.prabhatbooks.com

प्रकाशक

प्रभात पेपरबैक्स

4/19 आसफ अली रोड, नई दिल्ली-110002

फोन : 23289777 • हेल्पलाइन नं. : 7827007777

इ-मेल : prabhatbooks@gmail.com ❖ वेब ठिकाना : www.prabhatbooks.com

संस्करण

प्रथम, 2018

अ.मा.पु.स. 978-93-5266-625-6

मुद्रक

रेप्रो नॉलेज कास्ट लिमिटेड, ठाणे

UTTAR PRADESH VASTUNISHTHA
by Sanjay Kumar Dwivedi

Published by PRABHAT PAPERBACKS
4/19 Asaf Ali Road, New Delhi-110002

ISBN 978-93-5266-625-6

विषय-सूची

1

एक नजर में

1. उत्तर प्रदेश राज्य भारत के किस सीमांत भाग में स्थित है?
   (A) उत्तरी (B) पूर्वी
   (C) पश्चिमी (D) दक्षिणी
2. उत्तर प्रदेश की राजधानी है—
   (A) कानपुर (B) लखनऊ
   (C) गोरखपुर (D) इलाहाबाद
3. वर्ष 1937 से 1950 के मध्य उत्तर प्रदेश को किस नाम से जाना जाता था?
   (A) संयुक्त क्षेत्र (B) संयुक्त राज्य
   (C) संयुक्त प्रांत (D) संयुक्त भाग
4. ब्रिटिशकाल के प्रथम चरण में उत्तर प्रदेश किस प्रेसीडेंसी का अंग था?
   (A) बंगाल प्रेसीडेंसी (B) अवध प्रेसीडेंसी
   (C) मद्रास प्रेसीडेंसी (D) बंबई प्रेसीडेंसी
5. उत्तर प्रदेश को अपना वर्तमान नाम कब प्राप्त हुआ?
   (A) 26 जनवरी, 1950 को (B) 18 अगस्त, 1950 को
   (C) 13 मार्च, 1949 को (D) 22 जुलाई, 1947 को
6. उत्तर प्रदेश राज्य का स्थापना दिवस है—
   (A) 14 जनवरी, 1952 (B) 1 नवंबर, 1956
   (C) 22 मार्च, 1954 (D) 29 मई, 1955
7. उत्तर प्रदेश का वर्तमान स्वरूप कब अस्तित्व में आया?
   (A) 13 जुलाई, 2000 को (B) 9 नवंबर, 2000 को
   (C) 5 मार्च, 2000 को (D) 12 अगस्त, 2000 को

उत्तर के लिए कृपया पृष्ठ सं. 149 देखें।

8. नवंबर 2000 में उत्तर प्रदेश को विभाजित कर किस नए राज्य का गठन किया गया?
   (A) उत्तराखंड (B) छत्तीसगढ़
   (C) झारखंड (D) इनमें से कोई नहीं
9. उत्तर प्रदेश का अक्षांशीय विस्तार है—
   (A) 23°–52' से 30°–25' के मध्य
   (B) 24°–43' से 32°–30' के मध्य
   (C) 25°–42' से 33°–29' के मध्य
   (D) 24°–41' से 32°–25' के मध्य
10. उत्तर प्रदेश का पूर्वी देशांतरीय विस्तार है—
   (A) 72°–4' से 82°–35' के मध्य
   (B) 77°–3' से 84°–39' के मध्य
   (C) 74°–5' से 83°–41' के मध्य
   (D) 76°–8' से 85°–35' के मध्य
11. उत्तर प्रदेश का कुल क्षेत्रफल है—
   (A) 2,12,315 वर्ग कि.मी. (B) 2,14,814 वर्ग कि.मी.
   (C) 2,40,928 वर्ग कि.मी. (D) 2,30,319 वर्ग कि.मी.
12. क्षेत्रफल की दृष्टि से भारत में उत्तर का प्रदेश स्थान है—
   (A) दूसरा (B) तीसरा
   (C) पाँचवाँ (D) सातवाँ
13. उत्तर प्रदेश की पूर्व से पश्चिम के मध्य लंबाई है—
   (A) 535 कि.मी. (B) 588 कि.मी.
   (C) 529 कि.मी. (D) 650 कि.मी.
14. उत्तर प्रदेश की उत्तर से दक्षिण के मध्य चौड़ाई है—
   (A) 185 कि.मी. (B) 240 कि.मी.
   (C) 289 कि.मी. (D) 312 कि.मी.
15. उत्तर प्रदेश का भौगोलिक आकार है—
   (A) लंबवत् (B) चौकोर
   (C) वृत्ताकार (D) इनमें से कोई नहीं

उत्तर के लिए कृपया पृष्ठ सं. 149 देखें।

16. उत्तर प्रदेश की सीमा पड़ोसी देश नेपाल सहित कितने राज्यों से मिलती है?
   (A) 7 (B) 8
   (C) 9 (D) 10
17. क्षेत्रफल की दृष्टि से उत्तर प्रदेश का सबसे बड़ा जिला कौन सा है?
   (A) जालौन (B) सोनभद्र
   (C) लखीमपुर खीरी (D) हरदोई
18. क्षेत्रफल की दृष्टि से उत्तर प्रदेश का सबसे छोटा जिला कौन सा है?
   (A) अलीगढ़
   (B) वाराणसी
   (C) संत रविदास नगर (भदोही)
   (D) बलिया
19. हिंदी के अलावा उत्तर प्रदेश में बोली जानेवाली भाषा है—
   (A) उर्दू (B) पंजाबी
   (C) बँगला (D) उपर्युक्त सभी
20. उत्तर प्रदेश का राजकीय चिह्न है—
   (A) शेर (B) हिरण
   (C) नीलगाय (D) मछली
21. उत्तर प्रदेश का राजकीय पशु है—
   (A) शेर (B) बाघ
   (C) बारहसिंगा (D) गाय
22. उत्तर प्रदेश का राजकीय पक्षी है—
   (A) सारस (B) तोता
   (C) हंस (D) गौरैया
23. उत्तर प्रदेश का राजकीय पुष्प है—
   (A) कमल (B) गुलाब
   (C) ब्रह्म कलश (D) गेंदा
24. उत्तर प्रदेश का राजकीय वृक्ष है—
   (A) पीपल (B) नीम
   (C) शीशम (D) अशोक

उत्तर के लिए कृपया पृष्ठ सं. 149 देखें।

25. उत्तर प्रदेश का राजकीय खेल है—
   (A) वॉलीबॉल   (B) क्रिकेट
   (C) फुटबॉल   (D) हॉकी
26. वर्ष 2001 की जनगणना के अनुसार उत्तर प्रदेश की जनसंख्या थी—
   (A) 16.61 करोड़   (B) 17.14 करोड़
   (C) 17.92 करोड़   (D) 18.27 करोड़
27. जनसंख्या की दृष्टि से भारत में उत्तर प्रदेश का स्थान है—
   (A) पहला   (B) दूसरा
   (C) तीसरा   (D) चौथा
28. वर्ष 2001 की जनगणना के अनुसार उत्तर प्रदेश में पुरुषों की जनसंख्या थी—
   (A) 8.10 करोड़   (B) 8.75 करोड़
   (C) 8.98 करोड़   (D) 9.12 करोड़
29. वर्ष 2001 की जनगणना के अनुसार उत्तर प्रदेश में महिलाओं की जनसंख्या थी—
   (A) 7.10 करोड़   (B) 7.45 करोड़
   (C) 7.86 करोड़   (D) 8.16 करोड़
30. वर्ष 2001 की जनगणना के अनुसार उत्तर प्रदेश में भारत की कुल जनसंख्या का कितना प्रतिशत भाग निवास करता था ?
   (A) 16.17 प्रतिशत   (B) 16.92 प्रतिशत
   (C) 17.21 प्रतिशत   (D) 17.94 प्रतिशत
31. वर्ष 2001 की जनगणना के अनुसार उत्तर प्रदेश का जनसंख्या घनत्व प्रति वर्ग कि.मी. था—
   (A) 592 व्यक्ति   (B) 712 व्यक्ति
   (C) 689 व्यक्ति   (D) 754 व्यक्ति
32. वर्ष 2001 की जनगणना के अनुसार उत्तर प्रदेश की साक्षरता दर थी—
   (A) 56.27 प्रतिशत   (B) 54.12 प्रतिशत
   (C) 53.19 प्रतिशत   (D) 52.18 प्रतिशत
33. वर्ष 2001 की जनगणना के अनुसार उत्तर प्रदेश में पुरुषों की साक्षरता दर थी—

उत्तर के लिए कृपया पृष्ठ सं. 149 देखें।

(A) 62.74 प्रतिशत (B) 68.82 प्रतिशत
(C) 70.28 प्रतिशत (D) 72.16 प्रतिशत

34. वर्ष 2001 की जनगणना के अनुसार उत्तर प्रदेश में महिलाओं की साक्षरता दर थी—
(A) 42.22 प्रतिशत (B) 44.16 प्रतिशत
(C) 46.53 प्रतिशत (D) 48.61 प्रतिशत

35. वर्ष 1991–2001 के मध्य उत्तर प्रदेश की दशकीय जनसंख्या वृद्धि दर थी—
(A) 23.18 प्रतिशत (B) 23.58 प्रतिशत
(C) 24.45 प्रतिशत (D) 25.85 प्रतिशत

36. वर्ष 2001 की जनगणना के अनुसार प्रति हजार पुरुषों पर महिलाओं की जनसंख्या थी—
(A) 835 (B) 856
(C) 898 (D) 912

37. वर्ष 2001 की जनगणना के अनुसार उत्तर प्रदेश में प्रति हजार पुरुषों पर महिलाओं की सर्वाधिक (1026:1000) जनसंख्या किस जनपद में थी—
(A) आजमगढ़ (B) बस्ती
(C) गोरखपुर (D) मुरादाबाद

38. वर्ष 2001 की जनगणना के अनुसार उत्तर प्रदेश में प्रति हजार पुरुषों पर महिलाओं की सर्वाधिक कम (838:1000) जनसंख्या किस जनपद में थी—
(A) बरेली (B) शाहजहाँपुर
(C) देवरिया (D) सुल्तानपुर

39. वर्ष 2001 की जनगणना के अनुसार उत्तर प्रदेश का सर्वाधिक जनसंख्या घनत्व (1,995) वाला जनपद था—
(A) गोरखपुर (B) वाराणसी
(C) गाजियाबाद (D) बाराबंकी

40. वर्ष 2001 की जनगणना के अनुसार उत्तर प्रदेश का सर्वाधिक कम जनसंख्या घनत्व (194) वाला जनपद था—
(A) ललितपुर (B) कुशीनगर

उत्तर के लिए कृपया पृष्ठ सं. 149 देखें।

(C) महोबा (D) बहराइच

41. वर्ष 2001 की जनगणना के अनुसार उत्तर प्रदेश का सर्वाधिक जनसंख्यावाला जनपद था—

(A) वाराणसी (B) गोरखपुर
(C) गाजियाबाद (D) इलाहाबाद

42. वर्ष 2001 की जनगणना के अनुसार उत्तर प्रदेश का सर्वाधिक कम जनसंख्यावाला जनपद था—

(A) बरेली (B) सीतापुर
(C) महोबा (D) सहारनपुर

43. वर्ष 2001 की जनगणना के अनुसार उत्तर प्रदेश का सर्वाधिक पुरुष साक्षरता (83.66 प्रतिशत) वाला जनपद था—

(A) गाजियाबाद (B) वाराणसी
(C) महाराजगंज (D) झाँसी

44. वर्ष 2001 की जनगणना के अनुसार उत्तर प्रदेश का सर्वाधिक कम पुरुष साक्षरता (46.28 प्रतिशत) वाला जनपद था—

(A) श्रावस्ती (B) औरैया
(C) बलरामपुर (D) एटा

45. वर्ष 2001 की जनगणना के अनुसार उत्तर प्रदेश का सर्वाधिक महिला साक्षरता (72.50 प्रतिशत)वाला जनपद था—

(A) मेरठ (B) कानपुर नगर
(C) गाजीपुर (D) मुजफ्फरनगर

46. वर्ष 2001 की जनगणना के अनुसार उत्तर प्रदेश का सर्वाधिक कम महिला साक्षरता (18.75 प्रतिशत) वाला जनपद था—

(A) मैनपुरी (B) इटावा
(C) श्रावस्ती (D) प्रतापगढ़

47. वर्ष 2001 की जनगणना के अनुसार उत्तर प्रदेश का सर्वाधिक साक्षरता (77.63 प्रतिशत) वाला जनपद था—

(A) कानपुर नगर (B) मुरादाबाद
(C) चंदौली (D) गोंडा

उत्तर के लिए कृपया पृष्ठ सं. 149-150 देखें।

48. वर्ष 2001 की जनगणना के अनुसार उत्तर प्रदेश का सर्वाधिक कम साक्षरता (34.25 प्रतिशत) वाला जनपद था—

(A) कौशांबी (B) श्रावस्ती

(C) उन्नाव (D) फैजाबाद

49. वर्ष 2001 की जनगणना के अनुसार उत्तर प्रदेश का सर्वाधिक जनसंख्यावाला नगर था—

(A) कानपुर नगर (B) गोरखपुर

(C) गाजियाबाद (D) बरेली

50. वर्ष 2001 की जनगणना के अनुसार किस नगर की जनसंख्या 10 लाख से अधिक थी—

(A) कानपुर नगर (B) लखनऊ

(C) आगरा (D) उपर्युक्त सभी

□

उत्तर के लिए कृपया पृष्ठ सं. 150 देखें।

2

इतिहास

51. उत्तर प्रदेश पुरातन काल में किस नाम से प्रसिद्ध था?

(A) उत्तरी देश (B) पूर्वी देश

(C) पश्चिमी देश (D) मध्य देश

52. उत्तर प्रदेश के मिर्जापुर, सोनभद्र, बुंदेलखंड तथा प्रतापगढ़ के सरायनाहर क्षेत्र में उत्खनन के दौरान किस काल के औजार एवं हथियार प्राप्त हुए हैं?

(A) प्राचीन काल के

(B) नव पाषाणकाल के

(C) प्राचीन एवं नव पाषाणकाल दोनों के

(D) इनमें से कोई नहीं

53. उत्तर प्रदेश के किस जनपद में हड़प्पाकालीन वस्तुएँ मिली हैं?

(A) मुगलसराय (चंदौली) (B) आलमगीर (मेरठ)

(C) भटनी (देवरिया) (D) हापुड़ (गाजियाबाद)

54. उत्तर प्रदेश के किस जनपद में लाल खड़िया मिट्टी या गाढ़े लाल रंग से आदिम काल के मनुष्यों द्वारा बनाई गई रेखाकृतियाँ मिली हैं?

(A) मिर्जापुर (B) मेरठ

(C) कुशीनगर (D) इलाहाबाद

55. उत्तर प्रदेश के निम्नलिखित में से किस जनपद में ताँबे की वस्तुएँ प्राप्त हुई हैं?

(A) कानपुर (B) मिर्जापुर

(C) मथुरा (D) उपर्युक्त सभी

उत्तर के लिए कृपया पृष्ठ सं. 150 देखें।

56. उत्तर प्रदेश को वैदिक काल में किस नाम से जाना जाता था?
(A) महर्षि देश (B) ब्रह्मर्षि देश
(C) सप्तर्षि देश (D) ऋषि देश

57. बौद्धकाल के 16 महाजनपदों में से कितने उत्तर प्रदेश में थे?
(A) 4 (B) 6
(C) 8 (D) 10

58. पांचाल महाजनपद उत्तर प्रदेश के किस क्षेत्र में स्थापित था?
(A) बरेली (B) बदायूँ
(C) फर्रुखाबाद (D) उपर्युक्त सभी

59. महाजनपद काल में उत्तर प्रदेश में गणतंत्रात्मक राज्य भी था, और वह था—
(A) कपिलवस्तु में शाक्य राज्य (B) समसुमेरगिरि में भग्गा राज्य
(C) कुशीनगर में मल्ल राज्य (D) उपर्युक्त सभी

60. निम्नलिखित में से कौन सा महाजनपद सबसे शक्तिशाली होकर उभरा और लगभग पूरे उत्तर भारत में अपना साम्राज्य स्थापित किया?
(A) काशी (B) मगध
(C) कुरु (D) कौशल

61. निम्नलिखित में से किस वंश का संबंध मगध साम्राज्य से नहीं है?
(A) हर्यक वंश (B) शिशुनाग वंश
(C) नंद वंश (D) चोल वंश

62. ई.पू. 343 से ई. पू. 321 तक मगध साम्राज्य पर आधिपत्य था—
(A) नंद वंश का (B) शिशुनाग वंश का
(C) हर्यक वंश का (D) चोल वंश का

63. मगध साम्राज्य चंद्रगुप्त मौर्य के अधिकार में आया—
(A) 323 ई.पू. में (B) 291 ई.पू. में
(C) 254 ई.पू. में (D) 240 ई.पू. में

64. अशोक ने निम्नलिखित में से किस स्थान पर स्तंभ और शिलालेख नहीं बनवाए?
(A) सारनाथ, मेरठ (B) कौशांबी, इलाहाबाद

उत्तर के लिए कृपया पृष्ठ सं. 150 देखें।

(C) कालपी, संकिसा (D) गोरखपुर, आजमगढ़

65. भारत सरकार ने जिन सिंहों की आकृति को राजकीय चिह्न बनाया है, वह उत्तर प्रदेश के निम्नलिखित में से किस स्थान पर स्थापित है ?

(A) कुशीनगर (B) सारनाथ

(C) आगरा (D) मेरठ

66. मौर्य वंश ने उत्तर प्रदेश सहित संपूर्ण भारत पर कितने वर्षों तक शासन किया ?

(A) 126 वर्ष (B) 132 वर्ष

(C) 137 वर्ष (D) 145 वर्ष

67. जैन धर्म के निम्नलिखित में से किस तीर्थंकर का जन्म उत्तर प्रदेश में नहीं हुआ है ?

(A) महावीर (B) पार्श्वनाथ

(C) संभरनाथ (D) चंद्रप्रभ

68. निम्नलिखित में से किस नगर में महात्मा बुद्ध को महापरिनिर्वाण प्राप्त हुआ ?

(A) कपिलवस्तु (B) सारनाथ

(C) कुशीनगर (D) संकिसा

69. निम्नलिखित में से किसने लगभग 40 ई.पू. उत्तर भारत पर आक्रमण किया ?

(A) यवनों ने (B) हूणों ने

(C) कुषाणों ने (D) मुगलों ने

70. निम्नलिखित में से कौन कुषाण वंश का श्रेष्ठ शासक था ?

(A) कुजुल कदफिसेस (B) कदफिसेस द्वितीय

(C) कनिष्क प्रथम (D) हुविष्क

71. निम्नलिखित में से किस स्थान पर शुंगों, कुषाणों तथा गुप्त शासकों से संबद्ध अवशेष प्राप्त हुए हैं ?

(A) अयोध्या (B) कुशीनगर

(C) काशी (D) अतरंजीखेड़ा

72. कनिष्क प्रथम के राज्य की एक राजधानी पुरुषपुर या पेशावर में थी और

उत्तर के लिए कृपया पृष्ठ सं. 150 देखें।

दूसरी राजधानी थी—

(A) अयोध्या में (B) मथुरा में
(C) प्रयाग में (D) मेरठ में

73. निम्नलिखित में से कौन सा कथन असत्य है?
(A) अयोध्या का प्राचीन नाम अयाज्सा था
(B) कन्नौज प्राचीन काल में कान्यकुब्ज नाम से प्रसिद्ध था
(C) कौशांबी को आद्य नगरीय स्थल भी कहते हैं
(D) गुप्तकाल में मथुरा नगरमहोदय श्री कहलाता था

74. ईसा बाद चौथी सदी में निम्नलिखित में से किसके शासनकाल में मध्य देश (उत्तर प्रदेश) में शांति एवं समृद्धि बनी रही?
(A) मौर्य वंश (B) शुंग वंश
(C) कुषाण वंश (D) गुप्त वंश

75. निम्नलिखित में से किस स्थान पर प्राप्त हुए पुरातात्त्विक साक्ष्यों से गुप्तकाल के विशेष स्थापत्य एवं मूर्तिकला के प्रमाण मिलते हैं?
(A) देवगढ़ (B) काशी
(C) प्रयाग (D) मथुरा

76. गुप्तकाल में निम्नलिखित में से किन नगरों की समृद्धि चरम पर थी?
(A) मेरठ, मथुरा (B) कुशीनगर, गोरखपुर
(C) मथुरा, वाराणसी (D) अयोध्या, इलाहाबाद

77. गुप्त शासकों के पतन के बाद निम्नलिखित में से किसने मध्य देश पर आधिपत्य स्थापित किया था?
(A) हर्षवर्धन ने (B) गुर्जर-प्रतिहार तथा चंदेलों ने
(C) गहड़वालों ने (D) उपर्युक्त सभी

78. मध्य देश पर शासन करनेवाले गुर्जर-प्रतिहार वंश के शासकों में निम्नलिखित में से कौन शामिल नहीं है?
(A) मिहिरभोज (B) महिपाल
(C) महेंद्रपाल (D) नगेंद्रपाल

79. बारहवीं सदी के अंत में किसने कालपी को दिल्ली सल्तनत का अंग बनाया?

उत्तर के लिए कृपया पृष्ठ सं. 150 देखें।

(A) तैमूर लंग ने (B) कुतुबुद्दीन ऐबक ने
(C) महमूद गजनवी ने
(D) फिरोजशाह तुगलक ने

80. मलिक सरदार ख्वाजाजहाँ ने किस वर्ष जौनपुर में एक स्वतंत्र राज्य की स्थापना की?
(A) 1332 ई. में (B) 1365 ई. में
(C) 1394 ई. में (D) 1405 ई. में

81. निम्नलिखित में से किस शासक ने आगरा को अपनी उप-राजधानी बनाया?
(A) तैमूर लंग ने (B) बहलोल लोदी ने
(C) सिकंदर लोदी ने (D) कुतुबुद्दीन ऐबक ने

82. सन् 1526 में पानीपत के युद्ध में बाबर ने इब्राहीम लोदी को पराजित कर उत्तर प्रदेश के निम्नलिखित में से किस नगर पर अपना अधिकार कर लिया?
(A) आगरा (B) कुशीनगर
(C) बस्ती (D) बाराबंकी

83. बाबर को फतेहपुर सीकरी के निकट किसकी सेना का सामना करना पड़ा था?
(A) बहलोल लोदी (B) राणा साँगा
(C) शेरशाह सूरी (D) जहाँगीर

84. बाबर को कन्नौज में किसकी सेना का सामना करना पड़ा था?
(A) चंदेलों की (B) लोदियों की
(C) परमारों की (D) उपर्युक्त सभी

85. निम्नलिखित में से किसने बाबर के पुत्र हुमायूँ को पराजित किया?
(A) इब्राहीम लोदी ने (B) सिकंदर लोदी ने
(C) शेरशाह सूरी ने (D) राणा साँगा ने

86. सन् 1545 में कालिंजर के सैन्य अभियान के दौरान बारूदी विस्फोट में निम्नलिखित में से किसकी मृत्यु हुई थी?
(A) शेरशाह सूरी की (B) बाबर की
(C) हुमायूँ की (D) राणा साँगा की

उत्तर के लिए कृपया पृष्ठ सं. 150 देखें।

87. हुमायूँ का पुत्र अकबर कब दिल्ली की गद्दी पर बैठा?
(A) 1554 ई. में (B) 1556 ई. में
(C) 1559 ई. में (D) 1562 ई. में

88. अकबर ने निम्नलिखित में से किस क्षेत्र को अपने साम्राज्य का अभिन्न अंग बनाया?
(A) उत्तर भारत (B) पश्चिम भारत
(C) दक्षिण में असीरगढ़ (D) उपर्युक्त सभी

89. निम्नलिखित में से कौन सा शासक अपनी राजधानी दिल्ली से आगरा एवं फतेहपुर सीकरी ले गया?
(A) अकबर (B) शेरशाह सूरी
(C) राणा साँगा (D) सिकंदर लोदी

90. अकबर ने किस विजय के उपलक्ष्य में फतेहपुर सीकरी में बुलंद दरवाजे का निर्माण करवाया था?
(A) बंगाल विजय (B) गुजरात विजय
(C) महाराष्ट्र विजय (D) इनमें से कोई नहीं

91. अकबर ने सन् 1579 में निम्नलिखित में से किस स्थान पर इबादतखाना स्थापित करवाया?
(A) आगरा (B) फतेहपुर सीकरी
(C) मेरठ (D) दिल्ली

92. निम्नलिखित में से किस मुगल सम्राट ने आगरा में विश्वविख्यात ताजमहल का निर्माण करवाया?
(A) हुमायूँ ने (B) अकबर ने
(C) शाहजहाँ ने (D) जहाँगीर ने

93. बीरबल का संबंध निम्नलिखित में से किस स्थान से है?
(A) आगरा से (B) मथुरा से
(C) बरेली से (D) कालपी से

94. मुगलकालीन इतिहासकार किसे हिंदुस्तान की संज्ञा देते थे?
(A) पंजाब को (B) बंगाल को
(C) उत्तर प्रदेश को (D) गुजरात को

उत्तर के लिए कृपया पृष्ठ सं. 150 देखें।

95. निम्नलिखित में से किस मुगल शासक ने आगरा के बजाय दिल्ली को मुगल साम्राज्य की राजधानी बनाया?
(A) अकबर ने (B) शाहजहाँ ने
(C) जहाँगीर ने (D) औरंगजेब ने

96. औरंगजेब के खिलाफ बुंदेलखंड में विद्रोह की शुरुआत किसने की?
(A) वीर छत्रसाल ने (B) पेशवा बाजीराव ने
(C) अली मोहम्मद ने (D) शाह आलम ने

97. मुगल साम्राज्य के कमजोर होने पर मोहम्मद शाह वंशज ने निम्नलिखित में से किस स्थान पर अपना राज्य स्थापित किया?
(A) फतेहपुर सीकरी में (B) मथुरा में
(C) कन्नौज में (D) फर्रुखाबाद में

98. अवध के स्थानीय सूबेदार सआदत खाँ ने कब स्वतंत्र राज्य की स्थापना की?
(A) 1706 ई. में (B) 1732 ई. में
(C) 1764 ई. में (D) 1792 ई. में

99. मुगल सम्राट् शाह आलम ने इलाहाबाद को अपनी राजधानी कब बनाया?
(A) 1722 ई. में (B) 1734 ई. में
(C) 1752 ई. में (D) 1761 ई. में

100. जाजामऊ के युद्ध में अवध के नवाब शुजाउद्दौला को अंग्रेजों ने कब पराजित किया?
(A) 1765 ई. में (B) 1772 ई. में
(C) 1784 ई. में (D) 1791 ई. में

□

उत्तर के लिए कृपया पृष्ठ सं. 150 देखें।

3

स्वतंत्रता आंदोलन में योगदान

101. 1857 ई. में हुए प्रथम स्वाधीनता संग्राम की शुरुआत उत्तर प्रदेश के किस नगर से हुई?

    (A) कानपुर (B) इलाहाबाद

    (C) मेरठ (D) झाँसी

102. निम्नलिखित में से किस तिथि को मेरठ की ब्रिटिश सेना में विद्रोह की चिंगारी भड़की?

    (A) 10 मई, 1857 (B) 14 जून, 1857

    (C) 15 मार्च, 1857 (D) 13 नवंबर, 1857

103. 1857 ई. के विद्रोह का सर्वाधिक प्रभावित क्षेत्र था—

    (A) अवध (B) बुंदेलखंड

    (C) उपर्युक्त दोनों (D) इनमें से कोई नहीं

104. 1857 ई. की क्रांति में कानपुर के प्रशासन पर निम्नलिखित में से किसका अधिकार था?

    (A) तात्या टोपे (B) नाना साहेब

    (C) बाजीराव द्वितीय (D) धोंधू पंत

105. 1857 ई. की क्रांति के दौरान बरेली का प्रशासन निम्नलिखित में से किस रोहिल्ला सैन्य अधिकारी ने ग्रहण कर लिया था?

    (A) खान बहादुर खान (B) मौलवी अहमद उल्ला

    (C) तफज्जुल हुसैन खान (D) अजीमुल्ला खाँ

106. बेगम हजरत महल को ब्रिटिश सेना की घेरेबंदी की वजह से निम्नलिखित में से किस देश में शरण लेनी पड़ी थी?

उत्तर के लिए कृपया पृष्ठ सं. 150-151 देखें।

(A) नेपाल (B) चीन
(C) बर्मा (D) थाईलैंड

107. 1857 ई. की क्रांति से संबद्ध स्थान तथा नेतृत्वकर्ता के संबंध में निम्नलिखित में से कौन सा युग्म सुमेलित नहीं है?
(A) लखनऊ—बेगम हजरत महल (B) झाँसी—रानी लक्ष्मीबाई
(C) पूर्वी उत्तर प्रदेश—कुँवर सिंह (D) इटावा—तात्या टोपे

108. अंग्रेजों से लड़ते हुए रानी लक्ष्मीबाई निम्नलिखित में से किस दिन वीरगति को प्राप्त हुईं?
(A) 22 मार्च, 1858 को (B) 17 जून, 1858 को
(C) 13 अगस्त, 1858 को (D) 22 नवंबर, 1858 को

109. 1857 ई. की क्रांति को हालाँकि अंग्रेजों ने दबा दिया, लेकिन इससे फायदा यह हुआ कि—
(A) विद्रोही संगठित हुए
(B) राष्ट्रवाद के बीज अंकुरित हुए
(C) उग्रवादी विचारधारा का जन्म हुआ
(D) इनमें से कोई नहीं

110. निम्नलिखित में से कौन उत्तर प्रदेश की क्रांतिकारी महिलाओं की सूची में शामिल नहीं है?
(A) बेगम हजरन महल (B) अजीजनबाई
(C) झलकारीबाई (D) रमाबाई

111. अवध के नवाब वाजिद अली शाह अंग्रेजों की कैद में कहाँ रखे गए थे?
(A) कलकत्ता (B) मद्रास
(C) बंबई (D) दिल्ली

112. 'आगरा एवं अवध के संयुक्त प्रांत' को वर्ष 1937 में निम्नलिखित में से कौन सा नाम दिया गया?
(A) मध्य प्रांत (B) संयुक्त प्रांत
(C) उत्तरी प्रांत (D) पूर्वी प्रांत

113. 1885 ई. में बंबई (मुंबई) में हुए भारतीय राष्ट्रीय कांग्रेस के प्रथम अधिवेशन में उत्तर प्रदेश का प्रतिनिधित्व निम्नलिखित में से किसने किया?

उत्तर के लिए कृपया पृष्ठ सं. 151 देखें।

(A) गंगा प्रसाद वर्मा, जानकीनाथ घोषाल, लाला बैजनाथ
(B) रामकली चौधरी, प्राणनाथ पंडित, बाबू जमुना दास
(C) बाबू शिव प्रसाद चौधरी, मुंशी ज्वाला प्रसाद
(D) उपर्युक्त सभी

114. भारतीय राष्ट्रीय कांग्रेस के बारे में निम्नलिखित में से किसने कहा कि 'भारत ने अपनी आवाज इस महान् संस्था में पाई'—
(A) मोतीलाल नेहरू ने (B) मदन मोहन मालवीय ने
(C) पुरुषोत्तम दास टंडन ने (D) लाल बहादुर शास्त्री ने

115. भारतीय राष्ट्रीय कांग्रेस के संस्थापक ए.ओ. ह्यूम उत्तर प्रदेश के किस जिले के कलेक्टर थे?
(A) कानपुर (B) लखनऊ
(C) मेरठ (D) इटावा

116. कलकत्ता में संपन्न हुए भारतीय राष्ट्रीय कांग्रेस के द्वितीय अधिवेशन में उत्तर प्रदेश के प्रतिनिधियों की संख्या कितनी थी?
(A) 52 (B) 65
(C) 74 (D) 82

117. उत्तर प्रदेश में भारतीय राष्ट्रीय कांग्रेस का प्रथम अधिवेशन 1888 ई. में इलाहाबाद में संपन्न हुआ। इस अधिवेशन की अध्यक्षता निम्नलिखित में से किसने की?
(A) पं.जवाहरलाल नेहरू ने (B) गोपालकृष्ण गोखले ने
(C) सर विलियम वेडरबर्न ने (D) जॉर्ज यूले ने

118. वर्ष 1905 में वाराणसी में संपन्न हुए भारतीय राष्ट्रीय कांग्रेस के अधिवेशन की अध्यक्षता निम्नलिखित में से किसने की?
(A) आचार्य जे.बी. कृपलानी ने (B) पं.जवाहरलाल नेहरू ने
(C) गोपालकृष्ण गोखले ने (D) रोमेश चंद्र दत्त ने

119. पं. जवाहरलाल नेहरू ने भारतीय राष्ट्रीय कांग्रेस के निम्नलिखित में से किस अधिवेशन की अध्यक्षता की?
(A) लखनऊ—1935 ई. (B) कानपुर—1925 ई.
(C) मेरठ—1946 ई.
(D) इलाहाबाद—1910 ई.

उत्तर के लिए कृपया पृष्ठ सं. 151 देखें।

120. वर्ष 1947 तक भारतीय राष्ट्रीय कांग्रेस के कितने अधिवेशन उत्तर प्रदेश में हुए?

(A) 12 (B) 9

(C) 7 (D) 5

121. उत्तर प्रदेश के निम्नलिखित में से किस नगर में भारतीय राष्ट्रीय कांग्रेस का तीन बार अधिवेशन हुआ?

(A) इलाहाबाद (B) वाराणसी

(C) मेरठ (D) लखनऊ

122. निम्नलिखित में से किस वर्ष भारतीय राष्ट्रीय कांग्रेस तथा मुसलिम लीग का सम्मेलन एक साथ लखनऊ में संपन्न हुआ?

(A) वर्ष 1892 में (B) वर्ष 1907 में

(C) वर्ष 1916 में (D) वर्ष 1924 में

123. वर्ष 1909 में आगरा में संपन्न हुए उत्तर प्रदेश (संयुक्त प्रांत) कांग्रेस के राजनीतिक सम्मेलन की अध्यक्षता निम्नलिखित में से किसने की?

(A) श्रीमती सरोजिनी नायडू ने (B) रोमेश चंद्र दत्त ने

(C) मोतीलाल नेहरू ने (D) गोपालकृष्ण गोखले ने

124. निम्नलिखित में से किस दिन गोरखपुर के चौरी-चौरा कस्बे में आंदोलनकारियों के जत्थे ने थाने में 22 सिपाहियों को जीवित जला दिया था?

(A) 5 फरवरी, 1922 को (B) 9 जून, 1922 को

(C) 13 सितंबर, 1923 को (D) 15 नवंबर, 1925 को

125. सितंबर 1924 में एक पत्रकार सत्य भक्त ने निम्नलिखित में से किस स्थान पर भारतीय कम्युनिस्ट पार्टी की स्थापना की थी?

(A) लखनऊ (B) कानपुर

(C) इलाहाबाद (D) मेरठ

126. दिसंबर 1925 में परिमार की अध्यक्षता में भारतीय कम्युनिस्ट पार्टी का पहला सम्मेलन निम्नलिखित में से किस नगर में संपन्न हुआ?

(A) कानपुर (B) मेरठ

(C) लखनऊ (D) आगरा

उत्तर के लिए कृपया पृष्ठ सं. 151 देखें।

127. लखनऊ के निकट काकोरी ट्रेन डकैती की घटना निम्नलिखित में से किस दिन हुई थी?

(A) 9 अगस्त, 1925 को (B) 19 नवंबर, 1925 को

(C) 17 जनवरी, 1926 को (D) 28 दिसंबर, 1926 को

128. काकोरी ट्रेन डकैती घटना मामले में निम्नलिखित में से किसे फाँसी की सजा हुई थी?

(A) रामप्रसाद बिस्मिल को (B) अशफाकउल्ला खाँ को

(C) रोशनसिंह को (D) उपर्युक्त सभी को

129. चंद्रशेखर आजाद निम्नलिखित में से किस पार्टी के सदस्य थे?

(A) भारतीय राष्ट्रीय कांग्रेस

(B) भारतीय कम्युनिस्ट पार्टी

(C) आजाद हिंद फौज

(D) हिंदुस्तान सोशलिस्ट रिपब्लिकन एसोसिएशन

130. हिंदुस्तान सोशलिस्ट रिपब्लिकन एसोसिएशन का मुख्यालय कहाँ स्थापित था?

(A) कानपुर (B) आगरा

(C) लखनऊ (D) इलाहाबाद

131. 27 फरवरी, 1931 को इलाहाबाद स्थित अल्फ्रेड पार्क में अंग्रेजों से मुठभेड़ हो जाने पर किस क्रांतिकारी ने स्वयं को गोली मारकर आत्म-बलिदान कर दिया था?

(A) चंद्रशेखर आजाद ने (B) खुदीराम बोस ने

(C) रामप्रसाद खत्री ने (D) मन्मथनाथ गुप्त ने

132. अल्फ्रेड पार्क में चंद्रशेखर आजाद की मुठभेड़ निम्नलिखित में से किस पुलिस अधिकारी से हुई थी?

(A) ओ. डायर (B) नॉट बावर

(C) जॉर्ज विलियम (D) इनमें से कोई नहीं

133. उत्तर प्रदेश (संयुक्त प्रांत) में किसने समाजवादी दल की स्थापना की थी?

(A) संपूर्णानंद तथा परिपूर्णानंद ने (B) कमलापति त्रिपाठी ने

(C) तारापद भट्टाचार्य ने (D) उपर्युक्त सभी

उत्तर के लिए कृपया पृष्ठ सं. 151 देखें।

134. वर्ष 1931 में किसने इलाहाबाद में करबंदी का आंदोलन प्रारंभ किया था?
(A) कमलापति त्रिपाठी ने (B) लालबहादुर शास्त्री ने
(C) जवाहरलाल नेहरू ने (D) संपूर्णानंद ने

135. वर्ष 1936 में निम्नलिखित में से किसके प्रयासों से लखनऊ में अखिल भारतीय किसान सम्मेलन का आयोजन हुआ था?
(A) प्रो. एन.जी. रंगा (B) इंदु लाल याज्ञनिक
(C) स्वामी सहजानंद (D) उपर्युक्त सभी

136. 1 अप्रैल, 1937 को संयुक्त प्रांत में किसके नेतृत्व में अल्पमत सरकार की स्थापना की गई थी?
(A) सत्य भक्त (B) मौलाना हसरत मोहानी
(C) नवाब छतारी (D) मदारी पासी

137. असहयोग आंदोलन पर विचार के लिए इलाहाबाद में अखिल भारतीय कांग्रेस कमेटी की बैठक कब हुई थी?
(A) अप्रैल 1942 में (B) मार्च 1941 में
(C) जून 1939 में (D) दिसंबर 1939 में

138. वर्ष 1937 में संयुक्त प्रांत में गठित कांग्रेसी सरकार के प्रधानमंत्री कौन थे?
(A) पं. जवाहरलाल नेहरू (B) लाल बहादुर शास्त्री
(C) पं. गोविंद बल्लभ पंत (D) डॉ. कैलाशनाथ काटजू

139. वर्ष 1942 के भारत छोड़ो आंदोलन के दौरान बलिया में किसके नेतृत्व में स्थानीय सरकार की स्थापना की गई थी?
(A) चित्तू पांडे (B) राम अवध सिंह
(C) कृष्ण बिहारी तिवारी (D) महेंद्रनाथ गुप्त

140. उत्तर प्रदेश में द्वितीय किसान आंदोलन किसके नेतृत्व में प्रारंभ हुआ?
(A) पं. जवाहरलाल नेहरू (B) लालबहादुर शास्त्री
(C) पं. मदन मोहन मालवीय (D) पं. गोविंद बल्लभ पंत

141. 'आगरा एवं अवध के संयुक्त प्रांत' में गवर्नर की नियुक्ति की शुरुआत हुई?
(A) 1921 ई. से. (B) 1934 ई. से
(C) 1939 ई. से (D) 1943 ई. से

उत्तर के लिए कृपया पृष्ठ सं. 151 देखें।

142. अखिल भारतीय कांग्रेस समिति के सदस्य संपूर्णानंद ने वाराणसी में अप्रैल 1934 में एक परचा प्रकाशित कराया, जिसका नाम था—
   (A) भारत में साप्रंदायिक सौहार्द कार्यक्रम
   (B) कृषकों के लिए विशेष फसल कार्यक्रम
   (C) भारत के लिए एक प्रायोगिक समाजवादी कार्यक्रम
   (D) भारतीय स्वंतत्रता आंदोलन का नवीन प्रायोगिक कार्यक्रम

143. निम्नलिखित में से किन क्रांतिकारियों की जन्मभूमि उत्तर प्रदेश है?
   (A) चंद्रशेखर आजाद, रामप्रसाद बिस्मिल
   (B) राजेंद्र लहिड़ी, राजा महेंद्र प्रताप
   (C) लाला हरदयाल, बटुकेश्वर दत्त
   (D) उपर्युक्त सभी

144. निम्नलिखित में से किस दिन, सरदार भगत सिंह को फाँसी दी गई?
   (A) 15 जनवरी, 1931 को (B) 23 मार्च, 1931 को
   (C) 11 जून, 1932 को (D) 17 दिसंबर, 1932 को

145. 'सरफरोशी की तमन्ना अब हमारे दिल में है।' यह गीत निम्नलिखित में से किससे संबंधित है?
   (A) चंद्रशेखर आजाद (B) रामप्रसाद बिस्मिल
   (C) राजेंद्र लहिड़ी (D) बटुकेश्वर दत्त

146. आनंद भवन निम्नलिखित में से किस नगर में स्थित है?
   (A) लखनऊ (B) आगरा
   (C) इलाहाबाद (D) वाराणसी

147. 'पूर्ण स्वराज्य' का नारा निम्नलिखित में से किसने दिया?
   (A) पं. मोतीलाल नेहरू ने (B) पं. जवाहरलाल नेहरू ने
   (C) गोविंद बल्लभ पंत ने (D) लालबहादुर शास्त्री ने

148. 'करो या मरो' का नारा निम्नलिखित में से किससे संबंधित है?
   (A) सविनय अवज्ञा आंदोलन से (B) भारत छोड़ो आंदोलन से
   (C) असहयोग आंदोलन से (D) इनमें से कोई नहीं

149. 'जय जवान, जय किसान' का नारा किसने दिया?
   (A) मोतीलाल नेहरू ने (B) गोविंद बल्लभ पंत ने

उत्तर के लिए कृपया पृष्ठ सं. 151 देखें।

(C) लालबहादुर शास्त्री ने (D) मदन मोहन मालवीय ने

150. 'हिंदी, हिंदू, हिंदुस्तान'—यह नारा किसने दिया?

(A) भारतेंदु हरिश्चंद्र ने (B) पं. मदन मोहन मालवीय ने

(C) दीनदयाल उपाध्याय ने (D) राजेंद्र सिंह (रज्जू भैया) ने

□

उत्तर के लिए कृपया पृष्ठ सं. 151 देखें।

4

शासन व्यवस्था

151. उत्तर प्रदेश राज्य की शासन संरचना का आधार है—

(A) भारतीय संविधान (B) राज्य कार्यपालिका

(C) राज्य विधानमंडल (D) उच्च न्यायालय

152. उत्तर प्रदेश राज्य के राज्याध्यक्ष अर्थात् राज्यपाल की नियुक्ति कौन करता है?

(A) प्रधानमंत्री (B) राष्ट्रपति

(C) सर्वोच्च न्यायालय (D) मुख्यमंत्री

153. उत्तर प्रदेश राज्य कार्यपालिका का गठन होता है—

(A) राज्यपाल द्वारा (B) मंत्रिपरिषद् द्वारा

(C) राज्यपाल एवं मंत्रिपरिषद् द्वारा (D) इनमें से कोई नहीं

154. संविधान का कौन सा अनुच्छेद उत्तर प्रदेश में राज्यपाल की नियुक्ति को स्पष्ट करता है?

(A) अनुच्छेद-144 (B) अनुच्छेद-149

(C) अनुच्छेद-153 (D) अनुच्छेद-157

155. निम्नलिखित में से कौन सा कथन असत्य है?

(A) राज्यपाल राज्य में संघ का प्रतिनिधि होता है

(B) राज्यपाल का कार्यकाल पाँच वर्षों का होता है

(C) राज्यपाल राष्ट्रपति द्वारा कभी भी हटाया जा सकता है

(D) राज्यपाल प्रधानमंत्री को अपना त्यागपत्र सौंप सकता है

156. यदि उत्तर प्रदेश में सांविधानिक तंत्र विफल हो जाता है तो संघ को इसकी सूचना कौन देता है?

(A) राज्यपाल (B) विधानसभा अध्यक्ष

उत्तर के लिए कृपया पृष्ठ सं. 151 देखें।

(C) मुख्य सचिव (D) विपक्ष का नेता

157. निम्नलिखित में से कौन उत्तर प्रदेश राज्य के सभी विश्वविद्यालयों (केंद्रीय विश्वविद्यालय को छोड़कर)का कुलाधिपति होता है?

(A) राज्यपाल (B) मुख्यमंत्री

(C) विधानसभा अध्यक्ष (D) शिक्षामंत्री

158. उत्तर प्रदेश राज्य विधानसभा में दो सदन हैं, इनमें से एक है विधानसभा और दूसरा है—

(A) विधानपरिषद् (B) राज्य परिषद्

(C) प्रतिनिधि परिषद् (D) मंत्री परिषद्

159. उत्तर प्रदेश राज्य मंत्रिपरिषद् का अध्यक्ष कौन होता है?

(A) राज्यपाल (B) मुख्यमंत्री

(C) विधानसभा अध्यक्ष (D) विधानसभा उपाध्यक्ष

160. उत्तर प्रदेश राज्य के मुख्यमंत्री का प्रमुख कार्य है—

(A) मंत्रिपरिषद् का निर्माण करना

(B) मंत्रिमंडल का कार्य-संचालन करना

(C) शासन के विभिन्न विभागों में समन्वय

(D) उपर्युक्त सभी

161. निम्नलिखित में से कौन सा कथन असत्य है?

(A) उत्तर प्रदेश राज्य विधानमंडल का द्वितीय या उच्च सदन विधान परिषद् होता है

(B) विधान परिषद् के सदस्यों की संख्या विधानसभा सदस्यों की संख्या के एक-तिहाई से अधिक नहीं होनी चाहिए

(C) विधान परिषद् के सदस्यों का चुनाव अप्रत्यक्ष रूप से होता है

(D) विधान परिषद् के लिए सदस्य मनोनीत नहीं किए जाते

162. उत्तर प्रदेश राज्य विधान परिषद् के सदस्यों का कार्यकाल कितने वर्षों का होता है?

(A) 4 वर्ष (B) 5 वर्ष

(C) 6 वर्ष (D) 7 वर्ष

163. उत्तर प्रदेश में कितने वर्ष पश्चात् विधान परिषद् के एक-तिहाई सदस्य अपना पद छोड़ देते हैं?

उत्तर के लिए कृपया पृष्ठ सं. 152 देखें।

(A) 2 वर्ष (B) 3 वर्ष
(C) 4 वर्ष (D) 5 वर्ष

164. उत्तर प्रदेश से लोकसभा के लिए कितने सदस्य चुने जाते हैं?
(A) 60 (B) 65
(C) 70 (D) 80

165. उत्तर प्रदेश से राज्यसभा के लिए कितने सदस्य चुने जाते है?
(A) 18 (B) 22
(C) 31 (D) 42

166. उत्तर प्रदेश विधानसभा सदस्यों की संख्या कितनी है?
(A) 340 (B) 362
(C) 364 (D) 404

167. उत्तर प्रदेश राज्य विधान परिषद् सदस्यों की संख्या कितनी है?
(A) 52 (B) 68
(C) 78 (D) 100

168. उत्तर प्रदेश राज्य विधान परिषद् के कितने सदस्य राज्यपाल द्वारा मनोनीत किए जाते हैं
(A) 6 (B) 8
(C) 12 (D) 14

169. उत्तर प्रदेश में विरोधी दल के नेता को किसके समकक्ष सुविधाएँ प्राप्त होती हैं?
(A) मुख्यमंत्री (B) राज्यपाल
(C) कैबिनेट मंत्री (D) उपमंत्री

170. उत्तर प्रदेश की प्रथम विधानसभा का गठन कब हुआ था?
(A) 8 मार्च, 1952 को (B) 16 नवंबर, 1952 को
(C) 13 अप्रैल, 1953 को (D) 3 दिसंबर, 1953 को

171. उत्तर प्रदेश की प्रथम विधानसभा का विघटन कब हुआ था?
(A) 24 मार्च, 1954 को
(B) 13 अक्तूबर, 1955 को
(C) 19 मई, 1956 को (D) 31 मार्च, 1957 को

उत्तर के लिए कृपया पृष्ठ सं. 152 देखें।

172. उत्तर प्रदेश में उच्च न्यायालय स्थित है—
(A) लखनऊ में (B) कानपुर में
(C) इलाहाबाद में (D) मेरठ में

173. उत्तर प्रदेश में उच्च न्यायालय की खंडपीठ कहाँ स्थित है?
(A) लखनऊ में (B) आगरा में
(C) कानपुर में (D) गोरखपुर में

174. उत्तर प्रदेश में उच्च न्यायालय के न्यायाधीशों की नियुक्ति कौन करता है?
(A) राष्ट्रपति (B) सर्वोच्च न्यायालय
(C) प्रधानमंत्री (D) राज्यपाल

175. उत्तर प्रदेश की प्रथम राज्यपाल थीं—
(A) श्रीमती सुचेता कृपलानी (B) श्रीमती विजयलक्ष्मी पंडित
(C) राजकुमारी अमृत कौर (D) श्रीमती सरोजिनी नायडू

176. उत्तर प्रदेश के प्रथम मुख्यमंत्री कौन थे?
(A) पं. गोविंद बल्लभ पंत (B) डॉ. संपूर्णानंद
(C) चौधरी चरण सिंह (D) चंद्रभानु गुप्त

177. उत्तर प्रदेश की प्रथम महिला मुख्यमंत्री कौन थीं?
(A) श्रीमती सरोजिनी नायडू (B) मेनका गांधी
(C) श्रीमती सुचेता कृपलानी (D) इनमें से कोई नहीं

178. उत्तर प्रदेश विधानसभा के प्रथम अध्यक्ष कौन थे?
(A) मदन मोहन वर्मा (B) बनारसी दास
(C) राजर्षि पुरुषोत्तम दास टंडन (D) नफीखुल हसन

179. उत्तर प्रदेश विधान परिषद् के प्रथम सभापति कौन थे?
(A) चंद्रभाल (B) दरबारी लाल शर्मा
(C) वीरेंद्र स्वरूप
(D) जगदीश चंद्र दीक्षित

180. उत्तर प्रदेश के प्रथम मुख्य सचिव कौन थे?
(A) भगवान सहाय (B) भोलानाथ झा
(C) कालिका प्रसाद आर्य (D) ए.एन. झा

उत्तर के लिए कृपया पृष्ठ सं. 152 देखें।

181. उत्तर प्रदेश के प्रथम लोकायुक्त कौन थे?
(A) सुधीर चंद्र वर्मा (B) रामप्रकाश अस्थाना
(C) गंगादयाल मिश्र (D) विश्वंभर दयाल

182. उत्तर प्रदेश को कितने संभागों में बाँटा गया है?
(A) 12 (B) 16
(C) 18 (D) 20

183. उत्तर प्रदेश में कुल कितने जिले हैं?
(A) 64 (B) 68
(C) 71 (D) 80

184. उत्तर प्रदेश में कुल कितनी तहसीलें हैं?
(A) 288 (B) 306
(C) 352 (D) 392

185. उत्तर प्रदेश में पंचायत राज प्रणाली कब लागू की गई?
(A) वर्ष 1952 में (B) वर्ष 1955 में
(C) वर्ष 1959 में (D) वर्ष 1965 में

186. उत्तर प्रदेश में पंचायत राज प्रणाली के किस ढाँचे को अपनाया गया है?
(A) एक-स्तरीय (B) द्वि-स्तरीय
(C) त्रि -स्तरीय (D) चतुर्थ-स्तरीय

187. निम्नलिखित में से कौन उत्तर प्रदेश पंचायत राज प्रणाली के ढाँचे में शामिल नहीं है?
(A) ग्राम पंचायत (B) पंचायत समिति
(C) जिला परिषद् (D) आंचलिक परिषद्

188. उत्तर प्रदेश में जिला परिषद् का कार्यकाल कितने वर्षों का होता है?
(A) 5 वर्ष (B) 6 वर्ष
(C) 7 वर्ष (D) 8 वर्ष

189. उत्तर प्रदेश में ग्राम पंचायत के अध्यक्ष को क्या कहा जाता है?
(A) ग्राम प्रतिनिधि (B) ग्राम प्रधान
(C) ग्राम प्रमुख (D) ग्राम अधिकारी

उत्तर के लिए कृपया पृष्ठ सं. 152 देखें।

190. उत्तर प्रदेश के निम्नलिखित में से किस नगर में नगर महापालिका नहीं है?

(A) मेरठ (B) कानपुर
(C) बस्ती (D) लखनऊ

191. उत्तर प्रदेश में कितनी आबादीवाले नगर में नगर महापालिका का गठन किया जाता है?

(A) 1 लाख से अधिक (B) 2 लाख से अधिक
(C) 3 लाख से अधिक (D) 5 लाख से अधिक

192. उत्तर प्रदेश में कितनी आबादीवाले नगर में नगर पालिका का गठन किया जाता है?

(A) 10 हजार से अधिक (B) 20 हजार से अधिक
(C) 30 हजार से अधिक (D) 40 हजार से अधिक

193. उत्तर प्रदेश में नगरपालिका परिषदों की संख्या कितनी है?

(A) 198 (B) 210
(C) 226 (D) 247

194. उत्तर प्रदेश में कितनी नगर महापालिकाएँ हैं?

(A) 7 (B) 9
(C) 11 (D) 15

195. उत्तर प्रदेश में नगरीय निकायों के प्रमुख अधिकारियों के पुराने तथा उनके नए नामकरण के संबंध में निम्नलिखित में से कौन सा युग्म सुमेलित है?

(A) नगर प्रमुख–महापौर (B) उपनगर प्रमुख–उपमहापौर
(C) सभासद–पार्षद (D) उपर्युक्त सभी

196. उत्तर प्रदेश में कितने नगर एवं नगर समूह हैं?

(A) 631 (B) 704
(C) 813 (D) 936

197. उत्तर प्रदेश में कितनी न्याय पंचायतें हैं?

(A) 5,413 (B) 6,142
(C) 7,846 (D) 8,135

उत्तर के लिए कृपया पृष्ठ सं. 152 देखें।

198. उत्तर प्रदेश में कितनी ग्राम पंचायतें हैं?

(A) 42,453 (B) 47,183

(C) 52,029 (C) 54,316

199. उत्तर प्रदेश पुलिस महानिदेशालय कहाँ स्थित है?

(A) मेरठ में (B) आगरा में

(C) लखनऊ में (D) कानपुर में

200. उत्तर प्रदेश पुलिस मुख्यालय कहाँ स्थित है?

(A) इलाहाबाद में (B) लखनऊ में

(C) कानपुर में (D) आगरा में

□

उत्तर के लिए कृपया पृष्ठ सं. 152 देखें।

5

भौगोलिक स्वरूप

201. उत्तर प्रदेश की भूगर्भिक संरचना के संबंध में निम्नलिखित में से कौन सा कथन सत्य है?
   (A) यह प्राचीनतम 'गोंडवाना लैंड महाद्वीप' का भू-भाग है
   (B) दक्षिण के पठारी भाग का निर्माण पूर्व-कैंब्रियन युग में हुआ था
   (C) बुंदेलखंड में मिलनेवाली नीस चट्टानों में कई प्रकार के खनिज पाए जाते हैं
   (D) उपर्युक्त सभी

202. निम्नलिखित में से कौन उत्तर प्रदेश का प्राकृतिक भाग नहीं है?
   (A) तराई का प्रदेश (B) गंगा का मैदानी प्रदेश
   (C) उत्तर का पर्वतीय प्रदेश (D) दक्षिण का पठारी प्रदेश

203. भावर क्षेत्र के समानांतर संकीर्ण पट्टी के रूप में फैले समतल, नम एवं दलदली मैदान को क्या कहते हैं?
   (A) गंगा का मैदानी क्षेत्र (B) तराई क्षेत्र
   (C) दक्षिण का पठारी क्षेत्र (D) इनमें से कोई नहीं

204. तराई क्षेत्र का विस्तार उत्तर-पश्चिम में सहारनपुर से लेकर पूर्व में किस जनपद तक है?
   (A) बहराइच (B) गोंडा
   (C) देवरिया (D) बस्ती

205. उत्तर प्रदेश के भौगोलिक स्वरूप के संबंध में निम्नलिखित में से कौन सा कथन असत्य है?
   (A) भावर क्षेत्र में छोटे-मोटे कंकड़-पत्थर पाए जाते हैं

उत्तर के लिए कृपया पृष्ठ सं. 152 देखें।

(B) दक्षिणी भाग प्राचीनतम शैलों द्वारा निर्मित है
(C) मैदानी क्षेत्र की भूमि की उर्वरा शक्ति काफी कम है
(D) तराई क्षेत्र महीन अवसादों से निर्मित है

206. निम्नलिखित में से कौन तराई क्षेत्र की विशेषता नहीं है?
(A) यहाँ कँकरीली तथा पथरीली मिट्टी मिलती है
(B) यहाँ दलदली मैदान मिलते हैं
(C) यहाँ धान तथा गन्ने की अधिक खेती होती है
(D) यहाँ वर्षा काफी कम होती है

207. गंगा का मैदानी प्रदेश किसके द्वारा निर्मित है?
(A) काँप मिट्टी (B) कीचड़
(C) बालू (D) उपर्युक्त सभी

208. निम्नलिखित में से कौन गंगा के मैदान का भाग है?
(A) बाँगर क्षेत्र (B) खादर क्षेत्र
(C) बाँगर तथा खादर क्षेत्र दोनों (D) इनमें से कोई नहीं

209. उत्तर प्रदेश के दक्षिण में स्थित पठारी भाग क्या कहलाता है?
(A) बुंदेलखंड का पठार (B) विंध्य का पठार
(C) बघेलखंड का पठार (D) इनमें से कोई नहीं

210. उत्तर प्रदेश के दक्षिण के पठारी प्रदेश का क्षेत्रफल लगभग कितना है?
(A) 42,700 वर्ग कि.मी. (B) 45,200 वर्ग कि.मी.
(C) 47,500 वर्ग कि.मी. (D) 49,600 वर्ग कि.मी.

211. निम्नलिखित में से कौन दक्षिण के पठारी भाग की विशेषता नहीं है?
(A) इसकी उत्तरी सीमा गंगा एवं यमुना नदियों द्वारा निर्धारित है
(B) चंबल, केन, बेतवा, सोन तथा टौंस इस क्षेत्र की प्रमुख नदियाँ हैं
(C) इस क्षेत्र में समतल भूमिवाला भाग ही कृषि कार्य के लिए उपयुक्त है
(D) इस क्षेत्र के पठारों की औसत ऊँचाई 800 मीटर से अधिक है

212. उत्तर प्रदेश के किस भाग में मिश्रित लाल तथा काली मिट्टी पाई जाती है?
(A) तराईवाले प्रदेश में (B) गंगा के मैदानी प्रदेश में

उत्तर के लिए कृपया पृष्ठ सं. 152-153 देखें।

(C) दक्षिण के पठारी प्रदेश में (D) इनमें से कोई नहीं

213. गंगा के मैदानी भाग में कौन सी मिट्टी पाई जाती है?
(A) काँप मिट्टी (B) लाल मिट्टी
(C) काली मिट्टी (D) लाल तथा काली मिट्टी

214. बाँगर क्षेत्र में मिलनेवाली मिट्टी को निम्नलिखित में से किस नाम से नहीं जाना जाता?
(A) दोमट मटियार (B) बलुई दोमट
(C) मटियार दोमट (D) रेगुर

215. निम्नलिखित में से कौन खादर मिट्टी की विशेषता नहीं है?
(A) यह नदियों के बाढ़ के मैदान में मिलती है
(B) इनमें जल-धारण की क्षमता अधिक होती है
(C) इस मिट्टी में उर्वरा शक्ति काफी कम होती है
(D) इस मिट्टी में चूना, पोटाश, मैग्नीशियम तथा जीवांशों की मात्रा अधिक होती है

216. निम्नलिखित में से कौन सी मिट्टी दक्षिण के पठारी भाग में नहीं मिलती?
(A) भोंटा (B) माड
(C) भूड़ (D) पड़वा

217. उत्तर प्रदेश के किस जिले में लाल मिट्टी मिलती है?
(A) मिर्जापुर जिले में (B) सोनभद्र जिले में
(C) मिर्जापुर व सोनभद्र दोनों जिलों में (D) इनमें से कोई नहीं

218. निम्नलिखित में से कौन गंगा-यमुना के मैदान का उप-विभाग नहीं है?
(A) गंगा-गोमती दोआब (B) घाघरा-चंबल दोआब
(C) गंगा-यमुना दोआब (D) गंगा-घाघरा दोआब

219. दक्षिण के पठार की सामान्य ऊँचाई लगभग कितनी है?
(A) 200 मीटर (B) 300 मीटर
(C) 400 मीटर (D) 500 मीटर

220. दक्षिण के पठार की उत्तरी सीमा निम्नलिखित में से किस नदी द्वारा निर्धारित है ?
(A) चंबल तथा बेतवा (B) घाघरा तथा सोन

उत्तर के लिए कृपया पृष्ठ सं. 153 देखें।

(C) गंगा तथा यमुना (D) केन तथा टोंस

221. उत्तर प्रदेश में बहनेवाली निम्नलिखित में से कौन सी नदी हिमालय से नहीं निकलती ?

(A) गंगा (B) यमुना
(C) सोन (D) गंडक

222. उत्तर प्रदेश में बहनेवाली नदी तथा उसके उद्गम स्थल के संबंध में निम्नलिखित में से कौन सा युग्म सुमेलित नहीं है ?

(A) गंगा-गंगोत्री
(B) यमुना-यमुनोत्री
(C) काली या शारदा-मिलाम हिमनद
(D) गंडक-लघु हिमालय

223. निम्नलिखित में से कौन सी नदी गंगा के मैदानी भाग से नहीं निकलती ?

(क गोमती (B) वरुण
(C) राप्ती (D) रिहंद

224. निम्नलिखित में से कौन सी नदी दक्षिण के पठार से नहीं निकलती है ?

(A) चंबल, बेतवा (B) सोन, केन
(C) रिहंद, कन्हार (D) टौंस, राप्ती

225. निम्नलिखित में से किस जिले मे गंगा नदी उत्तर प्रदेश में प्रवेश करती है ?

(A) सहारनपुर (B) मुजफ्फरनगर
(C) बिजनौर (D) मेरठ

226. निम्नलिखित में से किस स्थान पर गंगा नदी से यमुना नदी मिलती है ?

(A) वाराणसी (B) इलाहाबाद
(C) गाजीपुर (D) कानपुर

227. निम्नलिखित में से किस स्थान के निकट गंगा नदी से गोमती नदी मिलती है ?

(A) बलिया (B) गाजीपुर
(C) इलाहाबाद (D) मऊ

228. कन्नौज के निकट गंगा से कौन सी नदी मिलती है ?

(A) मंदाकिनी (B) अलकनंदा
(C) भागीरथी (D) रामगंगा

उत्तर के लिए कृपया पृष्ठ सं. 153 देखें।

229. उत्तर प्रदेश का निम्नलिखित में से कौन सा तीर्थ स्थल गंगा नदी के तट पर स्थित नहीं है?

(A) काशी (B) प्रयाग

(C) मथुरा (D) गढ़मुक्तेश्वर

230. यमुना नदी किस जनपद से उत्तर प्रदेश में प्रवेश करती है?

(A) सहारनपुर (B) गाजियाबाद

(C) मुजफ्फरनगर (D) मेरठ

231. यमुना में मिलनेवाली नदी तथा स्थान के संबंध में निम्नलिखित में से कौन सा युग्म सुमेलित नहीं है?

(A) चंबल-इटावा (B) बेतवा-हमीरपुर

(C) केन-इलाहाबाद (D) आसन-गाजियाबाद

232. निम्नलिखित में से कौन सा स्थान यमुना नदी के तट पर नहीं बसा है?

(A) मथुरा (B) वृंदावन

(C) आगरा (D) लखनऊ

233. निम्नलिखित में से कौन सा नगर गोमती नदी के तट पर नहीं बसा है?

(A) लखनऊ (B) जौनपुर

(C) सुल्तानपुर (D) मिर्जापुर

234. गोरखपुर निम्नलिखित में से किस नदी के तट पर बसा है?

(A) राप्ती (B) गोमती

(C) यमुना (D) घाघरा

235. अयोध्या किस नदी के किनारे बसा है?

(A) गंगा (B) सरयू

(C) यमुना (D) गोमती

236. काली सिंध, सिप्ता, पार्वती तथा बनास किस नदी की सहायक नदियाँ हैं?

(A) बेतवा (B) गोमती

(C) चंबल (D) सोन

237. निम्नलिखित में से कौन सी नदी 'कर्णवती' के नाम से जानी जाती है?

(A) सिंध (B) चंबल

(C) सोन (D) केन

उत्तर के लिए कृपया पृष्ठ सं. 153 देखें।

238. निम्नलिखित में से किस जिले से बेतवा नदी नहीं गुजरती ?
(A) झाँसी (B) औरैया
(C) जालौन (D) कानपुर

239. रिहंद तथा कुनहड किसकी प्रमुख सहायक नदियाँ हैं ?
(A) केन (B) सोन
(C) सिंध (D) बेतवा

240. निम्नलिखित में से कौन सी नदी उत्तर प्रदेश में नहीं बहती है ?
(A) कर्मनासा (B) चंद्रप्रभा
(C) बेलम (D) नर्मदा

241. जिर्गी जलाशय तथा रिहंद बाँध किस नगर के निकट स्थित हैं ?
(A) वाराणसी (B) इलाहाबाद
(C) मिर्जापुर (D) गाजीपुर

242. माताटीला बाँध निम्नलिखित में से किस नदी पर स्थित है ?
(A) कर्मनासा (B) बेतवा
(C) रामगंगा (D) बेलम

243. निम्नलिखित में से कौन सा बाँध धामपुर (बिजनौर) के निकट स्थापित है ?
(A) मुसा कहंद बाँध (B) कन्हार बाँध
(C) रामगंगा बाँध (D) माताटीला बाँध

244. बाँध तथा ऊँचाई के संबंध में निम्नलिखित में से कौन सा युग्म सुमेलित नहीं है ?
(A) रामगंगा बाँध—128 मीटर (B) रिहंद बाँध—98 मीटर
(C) माताटीला बाँध—46 मीटर (D) मुसा कहंद बाँध—30 मीटर

245. उत्तर प्रदेश में ऋतु तथा अवधि के संबंध में निम्नलिखित में से कौन सा युग्म सुमेलित है ?
(A) शीत ऋतु—नवंबर से फरवरी तक
(B) ग्रीष्म ऋतु—मार्च से जून तक
(C) वर्षा ऋतु—जून से अक्तूबर तक
(D) उपर्युक्त सभी

उत्तर के लिए कृपया पृष्ठ सं. 153 देखें।

246. ग्रीष्म ऋतु में उत्तर प्रदेश का औसत अधिकतम तापमान लगभग कितना होता है?
   (A) 35° सेल्सियस (B) 40° सेल्सियस
   (C) 42° सेल्सियस (D) 44° सेल्सियस
247. उत्तर प्रदेश में मानसून की पहली बारिश कब होती है?
   (A) मई के अंतिम सप्ताह में (B) जून के प्रथम सप्ताह में
   (C) जून के दूसरे सप्ताह में (D) जून के अंतिम सप्ताह में
248. निम्नलिखित में से कौन सा कथन असत्य है?
   (A) उत्तर प्रदेश में वर्षा मुख्य रूप से मानसूनी है
   (B) उत्तर प्रदेश में वर्षा का वितरण काफी असमान है
   (C) उत्तर प्रदेश में जून व जुलाई माह में अधिक वर्षा होती है
   (D) उत्तर प्रदेश में मानसून की वापसी के बाद आसमान साफ एवं मौसम सुहावना हो जाता है
249. उत्तर प्रदेश के निम्नलिखित में से किस मैदानी जनपद में सर्वाधिक वर्षा होती है?
   (A) गोरखपुर (B) सीतापुर
   (C) आगरा (D) कानपुर
250. उत्तर प्रदेश के निम्नलिखित में से किस मैदानी जनपद में सर्वाधिक कम वर्षा होती है?
   (A) इलाहाबाद (B) मथुरा
   (C) देवरिया (D) बलिया

□

उत्तर के लिए कृपया पृष्ठ सं. 153 देखें।

6

खनिज एवं उद्योग

251. उत्तर प्रदेश राज्य खनिज विकास निगम की स्थापना कब हुई थी?
   (A) 16 जून, 1972 को (B) 22 अगस्त, 1973 को
   (C) 23 मार्च, 1974 को (D) 13 नवंबर, 1975 को
252. उत्तर प्रदेश राज्य खनिज विकास निगम का क्या कार्य है?
   (A) खनिजों का अन्वेषण एवं मूल्यांकन
   (B) खनिज आधारित उद्योगों की स्थापना
   (C) खनिज भंडारों का व्यापारिक उत्खनन
   (D) इनमें से कोई नहीं
253. उत्तर प्रदेश राज्य की पहली खनिज नीति कब घोषित की गई थी?
   (A) 13 जून, 1997 को (B) 15 मार्च, 1998 को
   (C) 24 अगस्त, 1998 को (D) 29 दिसंबर, 1998 को
254. उत्तर प्रदेश में खनिज मुख्यत: निम्नलिखित में से किन जनपदों में पाए जाते हैं?
   (A) मिर्जापुर, इलाहाबाद, आगरा (B) ललितपुर, हमीरपुर, बाँदा
   (C) झाँसी, सोनभद्र (D) उपर्युक्त सभी
255. उत्तर प्रदेश के मिर्जापुर जनपद के विंध्याचल क्षेत्र में स्थित कजराहट एवं रोहतास क्षेत्रों में निम्नलिखित में से किस खनिज के विशाल भंडार हैं?
   (A) रॉक फॉस्फेट्स (B) चूना-पत्थर
   (C) काँच बालू (D) ग्लास सैंड
256. मिर्जापुर जनपद के कजराहट क्षेत्र में निम्नलिखित में से कौन सा खनिज मिलता है?

उत्तर के लिए कृपया पृष्ठ सं. 153 देखें।

(A) डोलोमाइट (B) बॉक्साइड
(C) सोना (D) सेलखड़ी

257. उत्तर प्रदेश के निम्नलिखित में से किस जनपद में जिप्सम उपलब्ध है?
(A) झाँसी (B) हमीरपुर
(C) उपर्युक्त दोनों (D) इनमें से कोई नहीं

258. निम्नलिखित में से कौन सा खनिज मिर्जापुर जनपद में नहीं मिलता?
(A) ऐस्बेटास (B) एंडालसाइट
(C) पाइराइट्स (D) यूरेनियम

259. हमीरपुर तथा झाँसी जनपदों में निम्नलिखित में से कौन सा खनिज मिलता है?
(A) कोयला (B) सेलखड़ी
(C) रॉक फास्फेट (D) ग्लास सैंड

260. उत्तर प्रदेश में संगमरमर मिलता है—
(A) हमीरपुर एवं झाँसी जनपदों में
(B) इलाहाबाद एवं बाँदा जनपदों में
(C) मिर्जापुर एवं सोनभद्र जनपदों में
(D) वाराणसी एवं ललितपुर जनपदों में

261. उत्तर प्रदेश में ताँबे का निक्षेप 'सोनराई' में मिलता है। यह स्थान निम्नलिखित में से किस जनपद में स्थित है?
(A) बाँदा (B) ललितपुर
(C) इलाहाबाद (D) मिर्जापुर

262. काँच बालू निम्नलिखित मे से किस स्थान पर मिलता है?
(A) इलाहाबाद तथा झाँसी के मुडारी बाला बेहट क्षेत्र में
(B) चंदौली के चकिया क्षेत्र में
(C) बाँदा के शंकरगढ़, लौहगढ़, बोरगढ़ तथा धानद्रोल क्षेत्र में
(D) उपर्युक्त सभी

263. पाइरोफिलाइट नामक खनिज निम्नलिखित में से किस जनपद में पाया जाता है?
(A) झाँसी एवं हमीरपुर (B) इलाहाबाद एवं वाराणसी

उत्तर के लिए कृपया पृष्ठ सं. 153-154 देखें।

(C) बाँदा एवं ललितपुर (D) मिर्जापुर एवं सोनभद्र

264. उत्तर प्रदेश में कोयले का भंडार है—

(A) सोनभद्र जनपद के निचले गोंडवाना क्षेत्र में

(B) मिर्जापुर जनपद के सिंगरौली क्षेत्र में

(C) उपर्युक्त दोनों क्षेत्रों में

(D) इनमें से कोई नहीं

265. उत्तर प्रदेश में बॉक्साइड के भंडार हैं—

(A) मिर्जापुर एवं सोनभद में (B) वाराणसी एवं बाँदा में

(C) हमीरपुर एवं झाँसी में (D) इलाहाबाद एवं ललितपुर में

266. मिर्जापुर जनपद के बाँसी तथा मकरीखोट क्षेत्र में निम्नलिखित में से कौन सा खनिज मिलता है?

(A) नॉन प्लास्टिक फायर क्ले (B) रॉक फास्फेट

(C) काँच बालू (D) ग्लास सैंड

267. उत्तर प्रदेश के निम्नलिखित में से किस जनपद में हीरे मिले हैं?

(A) बाँदा एवं मिर्जापुर (B) इलाहाबाद एवं सोनभद्र

(C) झाँसी एवं हमीरपुर (D) ललितपुर एवं सोनभद्र

268. उत्तर प्रदेश में ग्लास सैंड मिलता है—

(A) इलाहाबाद जनपद के करछना तहसील में

(B) बाँदा जनपद के कर्वी तहसील में

(C) मऊ जनपद में

(D) उपर्युक्त सभी

269. उत्तर प्रदेश में यूरेनियम के भंडार हैं—

(A) बाँदा में (B) मिर्जापुर में

(C) ललितपुर में (D) झाँसी में

270. उत्तर प्रदेश में उद्योग क्षेत्र अर्थव्यवस्था में लगभग कितने प्रतिशत का योगदान करता है?

(A) 10 प्रतिशत (B) 20 प्रतिशत

(C) 30 प्रतिशत (D) 40 प्रतिशत

उत्तर के लिए कृपया पृष्ठ सं. 154 देखें।

271. उत्तर प्रदेश में औद्योगिक क्षेत्र कुल श्रम शक्ति के लगभग कितने प्रतिशत लोगों को रोजगार प्रदान करता है?

(A) 5 प्रतिशत (B) 8 प्रतिशत

(C) 12 प्रतिशत (D) 19 प्रतिशत

272. निम्नलिखित में से कौन उत्तर प्रदेश का प्रमुख औद्योगिक नगर है?

(A) इलाहाबाद (B) लखनऊ

(C) कानपुर (D) गोरखपुर

273. उत्तर प्रदेश में सीमेंट के कारखाने निम्नलिखित में से कहाँ स्थित हैं?

(A) चुर्क में (B) डल्ला में

(C) चुर्क तथा डल्ला दोनों में (D) इनमें से कोई नहीं

274. चीनी उद्योग में उत्तर प्रदेश को कौन सा स्थान प्राप्त है?

(A) प्रथम (B) द्वितीय

(C) तृतीय (D) चतुर्थ

275. उत्तर प्रदेश भारत के कुल चीनी का लगभग कितना प्रतिशत भाग उत्पादित करता है?

(A) 10 प्रतिशत (B) 20 प्रतिशत

(C) 30 प्रतिशत (D) 40 प्रतिशत

276. उत्तर प्रदेश में चमड़ा उद्योग का प्रमुख केंद्र है—

(A) मेरठ (B) आगरा

(C) कानपुर (D) बरेली

277. सूती वस्त्र उत्पादन में उत्तर प्रदेश का भारत में कौन सा स्थान है?

(A) प्रथम (B) द्वितीय

(C) तृतीय (D) चतुर्थ

278. उत्तर प्रदेश में रेशमी वस्त्रों का उत्पादन निम्नलिखित में से किन जनपदों में होता है?

(A) गाजियाबाद, मेरठ (B) सीतापुर, बरेली

(C) गोरखपुर, बस्ती (D) वाराणसी, इटावा

279. उत्तर प्रदेश में खाद्य तेल उद्योग कहाँ स्थापित है?

(A) आगरा (B) कानपुर

उत्तर के लिए कृपया पृष्ठ सं. 154 देखें।

(C) गाजियाबाद (D) उपर्युक्त सभी

280. उत्तर प्रदेश के रेणुकूट में एल्यूमिनियम का विशाल उद्योग स्थापित है, यह निम्नलिखित में से किस जनपद में स्थित है?

(A) इलाहाबाद (B) वाराणसी

(C) सोनभद्र (D) कानपुर

281. निम्नलिखित में से किस जनपद में जूट उद्योग स्थापित है?

(A) इटावा (B) बरेली

(C) कानपुर (D) सीतापुर

282. साइकिल उद्योग निम्नलिखित में से कहाँ स्थापित है?

(A) कानपुर, लखनऊ (B) इलाहाबाद, वाराणसी

(C) आगरा, रामपुर (D) उपर्युक्त सभी

283. उत्तर प्रदेश में काँच की चूड़ियों के उद्योग के लिए मशहूर है—

(A) लखनऊ (B) कानपुर

(C) फिरोजाबाद (D) बरेली

284. नगर तथा स्थापित उद्योग के संबंध में निम्नलिखित में से कौन सा युग्म सुमेलित नहीं है?

(A) लखनऊ—चिकन का काम (B) बरेली—बेंत एवं छड़ियाँ

(C) गोरखपुर—पीतल के बरतन (D) आगरा—मिट्टी के खिलौने

285. खेल के सामान निम्नलिखित में से किन स्थानों पर बनाए जाते हैं?

(A) इलाहाबाद, वाराणसी (B) मेरठ, आगरा

(C) कानपुर, लखनऊ (D) बस्ती, गोंडा

286. भारतीय चमड़ा रँगाई एवं जूता संस्थान निम्नलिखित में से कहाँ स्थित है?

(A) लखनऊ (B) कानपुर

(C) आगरा (D) बरेली

287. हिंदुस्तान एयरोनॉटिक्स लिमिटेड कहाँ स्थापित है?

(A) गोरखपुर, वाराणसी (B) मेरठ, आगरा

(C) लखनऊ, कानपुर (D) गाजियाबाद, इटावा

288. चिकन का काम निम्नलिखित में से किस शहर में होता है?

(A) बस्ती में (B) लखनऊ में

उत्तर के लिए कृपया पृष्ठ सं. 154 देखें।

(C) सीतापुर में (D) सहारनपुर में

289. मथुरा निम्नलिखित में से किस उद्योग के लिए प्रसिद्ध है ?
(A) सीमेंट उद्योग (B) लौह-इस्पात उद्योग
(C) कागज उद्योग (D) तेल-शोधक कारखाना

290. माडर्न बेकरीज निम्नलिखित में से कहाँ स्थापित है ?
(A) लखनऊ (B) कानपुर
(C) आगरा (D) मेरठ

291. डीजल लोकोमोटिव वर्क्स निम्नलिखित में से कहाँ स्थापित है ?
(A) वाराणसी (B) इलाहाबाद
(C) गोरखपुर (D) लखनऊ

292. स्कूटर्स इंडिया लिमिटेड निम्नलिखित में से कहाँ स्थापित है ?
(A) इटावा (B) लखनऊ
(C) अलीगढ़ (D) मुजफ्फरनगर

293. उर्वरक उद्योग निम्नलिखित मे से कहाँ स्थापित है ?
(A) लखनऊ, कानपुर (B) गोरखपुर, इलाहाबाद
(C) मेरठ, गाजियाबाद (D) आगरा, इटावा

294. भारत इलेक्ट्रॉनिक्स लिमिटेड निम्नलिखित में से कहाँ स्थापित है ?
(A) लखनऊ में (B) कानपुर में
(C) गाजियाबाद में (D) आगरा में

295. अपट्रॉन डिजिटल सिस्टम लिमिटेड निम्नलिखित में से कहाँ स्थापित है ?
(A) कानपुर (B) लखनऊ
(C) झाँसी (D) मेरठ

296. त्रिवेणी स्ट्रक्चरल निम्नलिखित में से कहाँ स्थापित है ?
(A) नैनी (इलाहाबाद) (B) पनकी (कानपुर)
(C) हापुड़ (गाजियाबाद) (D) इनमें से कोई नहीं

297. कृत्रिम अंग निर्माण निगम निम्नलिखित में से कहाँ स्थापित है ?
(A) झाँसी में (B) सीतापुर में
(C) कानपुर में
(D) गोरखपुर में

उत्तर के लिए कृपया पृष्ठ सं. 154 देखें।

298. ट्रांसफॉर्मर फैक्टरी निम्नलिखित में से कहाँ स्थापित है?
(A) मेरठ में (B) कानपुर में
(C) मुरादाबाद में (D) झाँसी में

299. अपट्रॉन कैपिसिटर सिस्टम लिमिटेड निम्नलिखित में से कहाँ स्थापित है?
(A) कानपुर में (B) लखनऊ में
(C) इलाहाबाद में (D) बाराबंकी में

300. भारत पंप्स एंड कंप्रेसर्स निम्नलिखित में से कहाँ स्थापित है?
(A) रामनगर (वाराणसी) (B) नैनी (इलाहाबाद)
(C) कसया (कुशीनगर) (D) दादरी (गौतम बुद्ध नगर)

□

उत्तर के लिए कृपया पृष्ठ सं. 154 देखें।

7

कृषि एवं सिचाई

301. उत्तर प्रदेश में कृषि विभाग की स्थापना निम्नलिखित में से किस वर्ष की गई थी ?
(A) 1 मई, 1920 को (B) 1 नवंबर, 1922 को
(C) 1 अगस्त, 1924 को (D) 1 अक्तूबर, 1928 को

302. वर्ष 1974 में निम्नलिखित में से किसे कृषि विभाग से पृथक् कर दिया गया ?
(A) गन्ना उत्पादन (B) कॉलोनाइजेशन
(C) कृषि अनुसंधान (D) उपर्युक्त सभी

303. उत्तर प्रदेश में निम्नलिखित में से किस वर्ष कृषि विपणन विभाग एवं मंडी परिषद् की स्थापना की गई ?
(A) वर्ष 1971 में (B) वर्ष 1976 में
(C) वर्ष 1979 में (D) वर्ष 1985 में

304. उत्तर प्रदेश संपूर्ण भारत के खाद्यान्न उत्पादन का लगभग कितना प्रतिशत भाग उत्पादित करता है ?
(A) 21 प्रतिशत (B) 24 प्रतिशत
(C) 29 प्रतिशत (D) 35 प्रतिशत

305. उत्तर प्रदेश में लगभग कितने प्रतिशत व्यक्ति कृषि पर आश्रित हैं ?
(A) 52 प्रतिशत (B) 66 प्रतिशत
(C) 72 प्रतिशत (D) 78 प्रतिशत

306. भारत की कुल कृषि योग्य भूमि का लगभग कितना प्रतिशत भाग उत्तर प्रदेश में है ?

उत्तर के लिए कृपया पृष्ठ सं. 154 देखें।

(A) 10 प्रतिशत (B) 20 प्रतिशत
(C) 30 प्रतिशत (D) 40 प्रतिशत

307. उत्तर प्रदेश में कुल कृषि योग्य भूमि के लगभग कितने प्रतिशत भाग में खाद्यान्न फसलें बोई जाती हैं?
(A) 60 प्रतिशत (B) 74 प्रतिशत
(C) 88 प्रतिशत (D) 96 प्रतिशत

308. उत्तर प्रदेश राज्य के कुल आय का कितना प्रतिशत भाग कृषि से प्राप्त होता है?
(A) 54 प्रतिशत (B) 62 प्रतिशत
(C) 68 प्रतिशत (D) 74 प्रतिशत

309. निम्नलिखित में से कौन उत्तर प्रदेश की प्रमुख फसल है?
(A) गेहूँ (B) धान
(C) गन्ना (D) मक्का

310. निम्नलिखित में से किस फसल के उत्पादन में उत्तर प्रदेश का प्रथम स्थान है?
(A) गेहूँ (B) गन्ना
(C) दलहन (D) उपर्युक्त सभी

311. मक्का उत्पादन में उत्तर प्रदेश का कौन सा स्थान है?
(A) प्रथम (B) द्वितीय
(C) तृतीय (D) चतुर्थ

312. धान उत्पादन में उत्तर प्रदेश का कौन सा स्थान है?
(A) प्रथम (B) द्वितीय
(C) तृतीय (D) चतुर्थ

313. उत्तर प्रदेश में मुख्य रूप से कौन सी फसल बोई जाती है?
(A) रबी की फसल (B) खरीफ की फसल
(C) जायद की फसल (D) उपर्युक्त सभी

314. उत्तर प्रदेश में प्रमुख रूप से गेहूँ पैदा किया जाता है—
(A) गंगा-यमुना नदियों के मध्य (B) गंगा-घाघरा नदियों के मध्य

उत्तर के लिए कृपया पृष्ठ सं. 154 देखें।

(C) उपर्युक्त दोनों (D) इनमें से कोई नहीं

315. उत्तर प्रदेश में संपूर्ण भारत के धान उत्पादन का लगभग कितना प्रतिशत भाग उत्पादित होता है?

(A) 10 प्रतिशत (B) 13 प्रतिशत
(C) 19 प्रतिशत (D) 24 प्रतिशत

316. उत्तर प्रदेश में धान की फसल कब बोई जाती है?

(A) अप्रैल-मई में (B) मार्च-अप्रैल में
(C) मई-जून में (D) जून-जुलाई में

317. उत्तर प्रदेश में धान की फसल कब काटी जाती है?

(A) अगस्त-सिंतबर में (B) जुलाई-अगस्त में
(C) सितंबर-अक्तूबर में (D) अक्तूबर-नवंबर में

318. निम्नलिखित में से कौन सा कथन उत्तर प्रदेश में बाजरे की खेती के संबंध में असत्य है?

(A) बाजरे की खेती 50 सें.मी. से कम वर्षावाले क्षेत्रों में होती है
(B) बाजरे की खेती मुख्य रूप से शीत जलवायु वाले क्षेत्रों में होती है
(C) बाजरे की फसल सामान्यत: मई से जुलाई के मध्य बोई जाती है
(D) बाजरे की फसल सामान्यत: सितंबर तथा अक्तूबर के मध्य काटी जाती है

319. उत्तर प्रदेश में मक्का की बुआई कब होती है?

(A) अप्रैल-मई में (B) मई-जून में
(C) मार्च-अप्रैल में (D) जून-जुलाई में

320. उत्तर प्रदेश में मक्के की फसल कब काटी जाती है?

(A) सितंबर-अक्तूबर में (B) जुलाई-अगस्त में
(C) अगस्त-सितंबर में (D) अक्तूबर-नवंबर में

321. उत्तर प्रदेश में निम्नलिखित में से कौन निर्धन जनता का प्रमुख खाद्यान्न है?

(A) गेहूँ, चावल (B) गेहूँ, मक्का
(C) मक्का, जौ (D) चावल, जौ

322. उत्तर प्रदेश में अरहर मुख्य रूप से निम्नलिखित में से किस फसल के साथ बोई जाती है?

उत्तर के लिए कृपया पृष्ठ सं. 154-155 देखें।

(A) धान, गेहूँ (B) मक्का, जौ
(C) ज्वार, बाजरा (D) सरसों, अलसी

323. निम्नलिखित में से कौन सा कथन असत्य है?
(A) उत्तर प्रदेश में मक्का की खेती वर्षा पर आधारित है
(B) उत्तर प्रदेश में जौ की खेती मुख्य रूप से शुष्क एवं कॉप मिट्टी वाले क्षेत्रों में की जाती है
(C) उत्तर प्रदेश में अरहर की खेती मुख्य रूप से इलाहाबाद, वाराणसी, लखनऊ, झाँसी तथा ललितपुर में की जाती है
(D) उत्तर प्रदेश प्रमुख चना उत्पादक राज्य है

324. भारत के कुल गन्ना उत्पादन का लगभग कितना प्रतिशत भाग उत्तर प्रदेश में उत्पादित होता है?
(A) 28 प्रतिशत (B) 32 प्रतिशत
(C) 36 प्रतिशत (D) 40 प्रतिशत

325. उत्तर प्रदेश का प्रमुख गन्ना उत्पादक क्षेत्र नहीं है?
(A) तराई क्षेत्र (B) गंगा-यमुना का दोआब
(C) दक्षिण का पठारी प्रदेश (D) इनमें से कोई नहीं

326. सरसों उत्पादन में उत्तर प्रदेश का भारत में कौन सा स्थान है?
(A) प्रथम (B) द्वितीय
(C) तृतीय (D) चतुर्थ

327. निम्नलिखित में से कौन सा कथन असत्य है?
(A) उत्तर प्रदेश में सरसों रबी की फसल है
(B) उत्तर प्रदेश में मूँगफली खरीफ की फसल है
(C) उत्तर प्रदेश के अधिकांश हिस्सों में देशी जूट बोई जाती है
(D) उत्तर प्रदेश में तंबाकू का उत्पादन निर्यात के लिए किया जाता है

328. उत्तर प्रदेश में कपास की खेती की जाती है—
(A) गंगा-यमुना के दोआब में (B) रूहेलखंड मंडल में
(C) बुंदेलखंड मंडल में (D) उपर्युक्त सभी

329. सब्जी उत्पादन में उत्तर प्रदेश का संपूर्ण भारत में कौन सा स्थान है?
(A) प्रथम (B) द्वितीय

उत्तर के लिए कृपया पृष्ठ सं. 155 देखें।

(C) तृतीय (D) चतुर्थ

330. आलू उत्पादन में उत्तर प्रदेश का संपूर्ण भारत में कौन सा स्थान है?
(A) प्रथम (B) द्वितीय
(C) तृतीय (D) चतुर्थ

331. भारत के कुल आलू उत्पादन का लगभग कितना प्रतिशत भाग उत्तर प्रदेश में उत्पादित होता है?
(A) 28 प्रतिशत (B) 38 प्रतिशत
(C) 44 प्रतिशत (D) 56 प्रतिशत

332. उत्तर प्रदेश में फल तथा उत्पादक जिला/जिलों के संबंध में निम्नलिखित में से कौन सा युग्म सुमेलित नहीं है?
(A) केला—वाराणसी, इलाहाबाद, गोरखपुर
(B) अमरूद—इलाहाबाद, फैजाबाद, बरेली
(C) लीची—सहारनपुर, मेरठ
(D) संतरा—गोरखपुर

333. दुग्ध उत्पादन में उत्तर प्रदेश का भारत में कौन सा स्थान है?
(A) प्रथम (B) द्वितीय
(C) तृतीय (D) चतुर्थ

334. उत्तर प्रदेश का पशुधन के क्षेत्र में कौन सा स्थान है?
(A) प्रथम (B) द्वितीय
(C) तृतीय (D) चतुर्थ

335. उत्तर प्रदेश में प्रति हेक्टेयर उर्वरक की खपत कितनी है?
(A) 80.3 कि.ग्रा (B) 85.8 कि.ग्रा
(C) 89.7 कि.ग्रा (D) 92.4 कि.ग्रा

336. उत्तर प्रदेश में शुद्ध सिंचित क्षेत्रफल कितना है?
(A) 128.28 लाख हेक्टेयर (B) 142.34 लाख हेक्टेयर
(C) 159.72 लाख हेक्टेयर (D) 164.86 लाख हेक्टेयर

337. उत्तर प्रदेश में सकल सिंचित क्षेत्रफल कितना है?
(A) 126.5 लाख हेक्टेयर (B) 139.8 लाख हेक्टेयर
(C) 174.3 लाख हेक्टेयर (D) 182.2 लाख हेक्टेयर

उत्तर के लिए कृपया पृष्ठ सं. 155 देखें।

338. उत्तर प्रदेश में कुल सृजित सिंचित क्षमता कितनी है?
(A) 216.16 लाख हेक्टेयर (B) 285.51 लाख हेक्टेयर
(C) 306.82 लाख हेक्टेयर (D) 311.67 लाख हेक्टेयर

339. उत्तर प्रदेश में नहरों द्वारा सिंचित क्षेत्र है—
(A) 12.8 प्रतिशत (B) 14.5 प्रतिशत
(C) 18.9 प्रतिशत (D) 21.2 प्रतिशत

340. उत्तर प्रदेश में नलकूपों द्वारा सिंचित क्षेत्र है—
(A) 62.5 प्रतिशत (B) 71.4 प्रतिशत
(C) 84.9 प्रतिशत (D) 94.2 प्रतिशत

341. उत्तर प्रदेश में तालाब, झील तथा पोखर द्वारा सिंचित क्षेत्र है—
(A) 4.2 प्रतिशत (B) 5.7 प्रतिशत
(C) 6.5 प्रतिशत (D) 7.8 प्रतिशत

342. निम्नलिखित में से कौन उत्तर प्रदेश की सर्वाधिक लंबी नहर है?
(A) आगरा नहर (B) शारदा नहर
(C) बेतवा नहर (D) धसान नहर

343. निम्नलिखित में से कौन सी नहर बुलंदशहर जिले के नरौरा नामक स्थान से निकाली गई है?
(A) ऊपरी गंगा नहर (B) निचली गंगा नहर
(C) पूर्वी यमुना नहर (D) आगरा नहर

344. निम्नलिखित में से कौन सा कथन बेतवा नहर के संबंध में गलत है?
(A) यह नहर झाँसी से 24 कि.मी. दूर पारिछा नामक स्थान से निकाली गई है
(B) इस नहर का निर्माण 1885 ई. में हुआ था
(C) इस नहर से 50,000 हेक्टेयर भूमि सींची जाती है
(D) हमीरपुर और कठौना इस नहर की दो प्रमुख शाखाएँ हैं

345. निम्नलिखित में से कौन सी नहर/नहरें उत्तर प्रदेश तथा बिहार सरकार द्वारा संयुक्त रूप से निकाली गई हैं?
(A) सरयू या घाघरा नहर (B) गंडक नहर
(C) नौगढ़ बाँध की नहरें (D) अहरौरा बाँध की नहरें

उत्तर के लिए कृपया पृष्ठ सं. 155 देखें।

346. मरीहम तथा घोरायल किस नहर की दो शाखाएँ हैं?

(A) सपरार नहर (B) धसान नहर

(C) घाघरा नहर (D) केन नहर

347. निम्नलिखित में से किस नहर द्वारा उत्तर प्रदेश के बाँदा जिले और मध्य प्रदेश के छतरपुर जिले की लगभग 1.4 लाख एकड़ भूमि की सिंचाई की जाती है?

(A) शारदा नहर (B) केन नहर

(C) सपरार नहर (D) नगवाँ बाँध नहर

348. नगवाँ बाँध नहर किस नदी से निकली है?

(A) बेतवा (B) सोन

(C) कर्मनासा (D) गंडक

349. निम्नलिखित में से किस नहर से झाँसी, ललितपुर, जालौन तथा हमीरपुर जिले की भूमि की सिंचाई की जाती है?

(A) निचली गंगा नहर (B) ललितपुर बाँध की नहर

(C) नगवाँ बाँध नहर (D) केन नहर

350. रिहंद घाटी परियोजना निम्नलिखित में से किस जिले में स्थापित है?

(A) वाराणसी (B) इलाहाबाद

(C) सोनभद्र (D) मिर्जापुर

□

उत्तर के लिए कृपया पृष्ठ सं. 155 देखें।

8

वन एवं वन्य जीव

351. राष्ट्रीय वन नीति के अनुसार उत्तर प्रदेश के कुल भौगोलिक क्षेत्र के कितने प्रतिशत भाग में वन होने चाहिए ?
(A) 25 प्रतिशत (B) 33 प्रतिशत
(C) 37 प्रतिशत (D) 41 प्रतिशत

352. वर्तमान में उत्तर प्रदेश का कितना प्रतिशत भू-भाग वनों से आच्छादित है ?
(A) 7.1 प्रतिशत (B) 7.9 प्रतिशत
(C) 8.8 प्रतिशत (D) 9.5 प्रतिशत

353. वर्तमान में उत्तर प्रदेश के लगभग कितने वर्ग किलोमीटर क्षेत्र में वन हैं ?
(A) 16,385 वर्ग कि.मी. (B) 18,435 वर्ग कि.मी.
(C) 19,137 वर्ग कि.मी. (D) 21,291 वर्ग कि.मी.

354. निम्नलिखित में से किस प्रकार के वन उत्तर प्रदेश में पाए जाते हैं ?
(A) उष्ण कटिबंधीय नम पर्णपाती वन
(B) उष्ण कटिबंधीय शुष्क पर्णपाती वन
(C) उष्ण कटिबंधीय कँटीली झाड़ियाँ
(D) उपर्युक्त सभी

355. उष्णकटिबंधीय नम पर्णपाती वन उत्तर प्रदेश के किस भाग में मिलते हैं ?
(A) तराई व भावर क्षेत्र में (B) गंगा के मैदानी क्षेत्र में
(C) दक्षिण के पठारी क्षेत्र में (D) संपूर्ण उत्तर प्रदेश में

356. उष्ण कटिबंधीय नम पर्णपाती वन में निम्नलिखित में से कौन सा वृक्ष नहीं पाया जाता ?
(A) साल, सेमल (B) बेर, पलास

उत्तर के लिए कृपया पृष्ठ सं. 155 देखें।

(C) गूलर, महुआ (D) कत्था, फुलाई

357. उत्तर प्रदेश के पूर्व, मध्य तथा पश्चिम के मैदानों में किस प्रकार के वन पाए जाते हैं?
(A) उष्ण कटिबंधीय नम पर्णपाती वन
(B) उष्ण कटिबंधीय शुष्क पर्णपाती वन
(C) उष्ण कटिबंधीय कँटीली झाड़ियाँ
(D) आर्द्र सदाबहार वन

358. निम्नलिखित में से कौन उष्ण कटिबंधीय शुष्क पर्णपाती वन का वृक्ष नहीं है?
(A) साल (B) पलास
(C) देवदार (D) अमलतास

359. उत्तर प्रदेश में औसतन कितने वार्षिक वर्षा वाले क्षेत्र में उष्ण कटिबंधीय कँटीली झाड़ियाँ मिलती हैं?
(A) 30 से 50 सें.मी (B) 50 से 75 सें.मी
(C) 75 से 100 सें.मी (D) 100 से 150 सें.मी

360. निम्नलिखित में से कौन उष्ण कटिबंधीय कँटीली झाड़ियों वाले वन क्षेत्र की विशेषता नहीं है?
(A) इन वनों में मुख्यतः अकेसिया, कँटीले लेगुसेम तथा यूफार्बियास के वृक्ष मिलते हैं
(B) इस वन क्षेत्र में वृक्षों की सामान्य ऊँचाई 5 से 10 मीटर तक होती है
(C) इन वनों के वृक्षों की जड़ें काफी लंबी और मोटी होती हैं
(D) इन वनों के वृक्षों के तने व पत्तियाँ मुलायम तथा चिकनी होती हैं

361. प्रशासकीय दृष्टि से उत्तर प्रदेश में वनों को कितने भागों में विभाजित किया गया है?
(A) 2 (B) 4
(C) 6 (D) 8

362. निम्नलिखित में से किस वर्ष वन केंद्र सरकार के बजाय राज्य सरकार के अधिकार-क्षेत्र में आ गए?
(A) वर्ष 1922 में (B) वर्ष 1935 में
(C) वर्ष 1942 में (D) वर्ष 1951 में

उत्तर के लिए कृपया पृष्ठ सं. 155 देखें।

363. निम्नलिखित में से किस वन नीति के अनुसार उत्तर प्रदेश में भी वन महोत्सव मनाना प्रारंभ किया गया है?
(A) 1952 की वन नीति (B) 1954 की वन नीति
(C) 1988 की वन नीति (D) 1994 की वन नीति

364. स्थान तथा वन आधारित उद्योग के संबंध में निम्नलिखित में से कौन सा युग्म सुमेलित नहीं है?
(A) सहारनपुर—कागज/पल्प
(B) मेरठ—खेल का सामान
(C) गोरखपुर—बेंत फर्नीचर
(D) बलिया—चीनी मिट्टी के बरतन

365. निम्नलिखित में से कौन सा वन आधारित उद्योग बरेली में स्थापित नहीं है?
(A) रेजिन (B) माचिस
(C) खिलौने (D) कत्था

366. सीतापुर तथा नजीबाबाद (बिजनौर) में निम्नलिखित में से कौन सा उद्योग स्थापित है?
(A) बेंत (B) प्लाईवुड
(C) खेल का सामान (D) माचिस

367. भारत में प्रथम वन्य जीव परिरक्षण संगठन की स्थापना किस प्रदेश में की गई थी?
(A) उत्तर प्रदेश (B) राजस्थान
(C) मध्य प्रदेश (D) बिहार

368. उत्तर प्रदेश में वन्य जीव परिरक्षण संगठन की स्थापना किस वर्ष की गई थी—
(A) वर्ष 1956 में (B) वर्ष 1962 में
(C) वर्ष 1968 में (D) वर्ष 1974 में

369. वन्य प्राणियों के संरक्षण के लिए भारत सरकार ने 'इंडियन वाइल्ड लाइफ (प्रोटेक्शन) एक्ट' कब पारित किया?
(A) वर्ष 1969 में (B) वर्ष 1972 में
(C) वर्ष 1978 में (D) वर्ष 1984 में

370. किस संविधान संशोधन के अंतर्गत 'वन एवं वन्य प्राणी' विषय को समवर्ती

उत्तर के लिए कृपया पृष्ठ सं. 155 देखें।

सूची में रखा गया?

(A) 24वें (B) 35वें

(C) 40वें (D) 42वें

371. वर्तमान में संपूर्ण उत्तर प्रदेश का कितना प्रतिशत भौगोलिक क्षेत्रफल वन्य जीव परिरक्षण संगठन के अंतर्गत आता है?

(A) 2.1 प्रतिशत (B) 3.7 प्रतिशत

(C) 4.3 प्रतिशत (D) 5.9 प्रतिशत

372. उत्तर प्रदेश में वन निगम की स्थापना कब की गई थी?

(A) 25 नवंबर, 1974 को (B) 28 जनवरी, 1975 को

(C) 13 मार्च, 1977 को (D) 22 जून, 1979 को

373. उत्तर प्रदेश में वर्तमान में कितने राष्ट्रीय पार्क स्थापित हैं?

(A) 1 (B) 2

(C) 3 (D) 4

374. उत्तर प्रदेश में वर्तमान में कितने वन्य जीव विहार स्थापित हैं?

(A) 8 (B) 24

(C) 18 (D) 24

375. उत्तर प्रदेश में वर्तमान में कितने पक्षी विहार स्थापित हैं?

(A) 8 (B) 13

(C) 16 (D) 20

376. दुधवा राष्ट्रीय पार्क के संबंध में निम्नलिखित में से कौन सा कथन असत्य है?

(A) इसकी स्थापना वर्ष 1977 में हुई थी

(B) इसका कुल क्षेत्रफल 490 वर्ग कि.मी. है

(C) इसका विस्तार खीरी तथा पीलीभीत जनपद में है

(D) इस पार्क में हाथियों का पुनर्वास किया गया है

377. वन्य जीव विहार तथा उनके स्थापना वर्ष के संबंध में निम्नलिखित में से कौन सा युग्म सुमेलित नहीं है?

(A) चंद्रप्रभा वन्य जीव विहार–1957

(B) महावीर स्वामी वन्य जीव विहार–1977

(C) सोहेलवा वन्य जीव विहार–1988

उत्तर के लिए कृपया पृष्ठ सं. 155-156 देखें।

(D) रानीपुर वन्य जीव विहार–1980

378. वाराणसी में स्थापित चंद्रप्रभा वन्य जीव विहार का विस्तार कितने वर्ग कि.मी. क्षेत्र में है ?

(A) 78 (B) 87
(C) 94 (D) 105

379. लखीमपुर–खीरी में स्थापित किशनपुर वन्य जीव विहार की स्थापना कब हुई थी ?

(A) वर्ष 1955 में (B) वर्ष 1968 में
(C) वर्ष 1972 में (D) वर्ष 1984 में

380. बहराइच जनपद में स्थित करतनिया घाट वन्य जीव विहार का विस्तार कितने वर्ग कि.मी. क्षेत्र में है ?

(A) 365 वर्ग कि.मी. (B) 388 वर्ग कि.मी.
(C) 410 वर्ग कि.मी. (D) 468 वर्ग कि.मी.

381. कुंडा (प्रतापगढ़) में स्थापित डॉ. भीमराव अंबेडकर वन्य जीव विहार कितने वर्ग कि.मी. क्षेत्र में फैला है ?

(A) 350 वर्ग कि.मी. (B) 457 वर्ग कि.मी.
(C) 585 वर्ग कि.मी. (D) 670 वर्ग कि.मी.

382. कछुआ वन्य जीव विहार कहाँ स्थापित है ?

(A) इलाहाबाद (B) वाराणसी
(C) कानपुर (D) गाजीपुर

383. निम्नलिखित वन्य जीव विहार तथा उनके स्थापना वर्ष के संबंध में निम्नलिखित में से कौन सा युग्म सुमेलित नहीं है ?

(A) सोहागी वरवा वन्य जीव विहार–1987
(B) रानीपुर वन्य जीव विहार–1977
(C) किशनपुर वन्य जीव विहार–1972
(D) कैमूर वन्य जीव विहार–1989

384. आगरा और इटावा जनपदों में निम्नलिखित में से कौन सा वन्य जीव विहार स्थित है ?

(A) राष्ट्रीय चंबल वन्य जीव विहार (B) हस्तिनापुर वन्य जीव विहार

उत्तर के लिए कृपया पृष्ठ सं. 156 देखें।

(C) सोहेलवा वन्य जीव विहार (D) किशनपुर वन्य जीव विहार

385. सोहेलवा वन्य जीव विहार कहाँ स्थित है ?

(A) मिर्जापुर व सोनभद्र में (B) आगरा व इटावा में

(C) बहराइच व गोंडा में (D) देवरिया व गोरखपुर में

386. हस्तिनापुर वन्य जीव विहार कितने वर्ग कि.मी. क्षेत्र में विस्तृत है ?

(A) 1,920 वर्ग कि.मी. (B) 2,073 वर्ग कि.मी.

(C) 2,188 वर्ग कि.मी. (D) 2,516 वर्ग कि.मी.

387. निम्नलिखित में से कौन सा वन्य जीव विहार ललितपुर में स्थित है ?

(A) चंद्रप्रभा वन्य जीव विहार

(B) रानीपुर वन्य जीव विहार

(C) हस्तिनापुर वन्य जीव विहार

(D) महावीर स्वामी वन्य जीव विहार

388. कैमूर वन्य जीव विहार निम्नलिखित में से किन जनपदों में स्थित है ?

(A) कुशीनगर व देवरिया में (B) वाराणसी व गाजीपुर में

(C) मिर्जापुर व सोनभद्र में (D) बहराइच व गोंडा में

389. निम्नलिखित में से किस पक्षी विहार की स्थापना वर्ष 1990 में हुई थी ?

(A) सॉडी पक्षी विहार (B) बखीरा पक्षी विहार

(C) ओखल पक्षी विहार (D) उपर्युक्त सभी

390. पक्षी विहार तथा स्थापना वर्ष के संबंध में निम्नलिखित में से कौन सा युग्म सुमेलित नहीं है ?

(A) नवाबगंज पक्षी विहार–1984

(B) सूर-सरोवर पक्षी विहार–1991

(C) पटना पक्षी विहार–1990

(D) विजय सागर पक्षी विहार–1994

391. बरवीरा पक्षी विहार कितने वर्ग कि.मी. क्षेत्र में विस्तृत है ?

(A) 20 (B) 25

(C) 30 (D) 40

392. निम्नलिखित में से कौन सा पक्षी विहार गाजियाबाद में स्थित है ?

(A) ओखल पक्षी विहार (B) सॉडी पक्षी विहार

उत्तर के लिए कृपया पृष्ठ सं. 156 देखें।

(C) पटना पक्षी विहार (D) समान पक्षी विहार

393. फर्रुखाबाद में स्थित लाख-बहोशी पक्षी विहार कितने वर्ग कि.मी. क्षेत्र में विस्तृत है ?

(A) 25 (B) 30

(C) 35 (D) 40

394. निम्नलिखित में से किस स्थान पर पटना पक्षी विहार स्थित है ?

(A) बस्ती (B) गोंडा

(C) एटा (D) आगरा

395. पक्षी विहार तथा क्षेत्रफल के संबंध में निम्नलिखित में से कौन सा युग्म सुमेलित नहीं है ?

(A) समसपुर पक्षी विहार-8 वर्ग कि.मी.

(B) समान पक्षी विहार-5 वर्ग कि.मी.

(C) पटना पक्षी विहार-9 वर्ग कि.मी.

(D) सॉडी पक्षी विहार-3 वर्ग कि.मी.

396. निम्नलिखित में से किस स्थान पर सूर-सरोवर पक्षी विहार स्थित है ?

(A) इलाहाबाद (B) सीतापुर

(C) मेरठ (D) आगरा

397. निम्नलिखित में से कौन सा पक्षी विहार बलिया में स्थित है ?

(A) सुरहाताल पक्षी विहार (B) ओखल पक्षी विहार

(C) विजय सागर पक्षी विहार (D) सॉडी पक्षी विहार

398. निम्नलिखित में से किस स्थान पर विजय सागर पक्षी विहार स्थित है ?

(A) हरदोई (B) हमीरपुर

(C) मैनपुरी (D) बस्ती

399. निम्नलिखित में से किस स्थान पर पार्वती आरंगा पक्षी विहार स्थित है ?

(A) आगरा (B) बस्ती

(C) गोंडा (D) गोरखपुर

400. निम्नलिखित में से किस स्थान पर नवाबगंज पक्षी विहार स्थित है ?

(A) उन्नाव (B) हरदोई

(C) सीतापुर (D) शाहजहाँपुर

□

उत्तर के लिए कृपया पृष्ठ सं. 156 देखें।

9

जनजातीय समाज

401. वर्ष 2001 की जनगणना के अनुसार उत्तर प्रदेश में अनुसूचित जनजातियों की जनसंख्या कितनी थी ?

(A) 1,07,963 (B) 1,08,543

(C) 1,08,742 (D) 1,09,315

402. वर्ष 2001 की जनगणना के अनुसार भारत की कुल जनजातीय जनसंख्या का कितना प्रतिशत भाग उत्तर प्रदेश में निवास करता था ?

(A) 4.05 (B) 3.02

(C) 2.01 (D) 0.06

403. वर्ष 2001 की जनगणना के अनुसार उत्तर प्रदेश में पुरुष जनजातियों की जनसंख्या कितनी थी ?

(A) 56,316 (B) 55,834

(C) 52,524 (D) 51,713

404. वर्ष 2001 की जनगणना के अनुसार उत्तर प्रदेश में महिला जनजातियों की जनसंख्या कितनी थी ?

(A) 52,129 (B) 51,416

(C) 50,824 (D) 50,105

405. वर्ष 2001 की जनगणना के अनुसार उत्तर प्रदेश के निम्नलिखित में से किस जनपद में सर्वाधिक जनजातीय जनसंख्या का निवास था ?

(A) मुरादाबाद (B) गोरखपुर

(C) लखीमपुर खीरी (D) महोबा

उत्तर के लिए कृपया पृष्ठ सं. 156 देखें।

406. इनमें से किस जनपद में जनजातियों का निवास नहीं है?
(A) संत रविदास नगर (B) बाराबंकी
(C) कौशांबी (D) उपर्युक्त सभी

407. वर्ष 2001 की जनगणना के अनुसार निम्नलिखित में से किस जनपद में सर्वाधिक कम जनजातियों का निवास था?
(A) बहराइच (B) अंबेडकर नगर
(C) महाराजगंज (D) गोंडा

408. वर्ष 2001 की जनगणना के अनुसार जनपद तथा जनजातीय जनसंख्या के संबंध में निम्नलिखित में से कौन सा युग्म सुमेलित नहीं है?
(A) लखीमपुर खीरी-30,801 (B) गोंडा-16,201
(C) बहराइच-10,012 (D) महाराजगंज-8,213

409. निम्नलिखित में से कौन उत्तर प्रदेश की प्रमुख जनजाति है?
(A) थारू (B) बुक्सा
(C) थारू तथा बुक्सा दोनों (D) इनमें से कोई नहीं

410. निम्नलिखित में से किस जनपद में थारू जनजाति का निवास है?
(A) लखीमपुर खीरी (B) गोंडा
(C) बहराइच (D) उपर्युक्त सभी

411. निम्नलिखित में से कौन थारू जनजाति के जीवन यापन का मुख्य आधार नहीं है—
(A) कृषि (B) पशुपालन
(C) व्यवसाय (D) इनमें से कोई नहीं

412. निम्नलिखित में से कौन थारू जनजाति की उपजाति नहीं है?
(A) राणा (B) डाँगरिया
(C) पछिमहा (D) महोरिया

413. निम्नलिखित में से कौन थारू जनजाति की शारीरिक विशेषता नहीं है?
(A) नाटा कद (B) पीला रंग
(C) चौड़ी मुखाकृति (D) लंबी नाक

414. थारू जनजाति की निम्नलिखित में से कौन सी उपजाति अपने को राणा प्रताप का वंशज बताती है?
(A) जोगिया (B) राणा

उत्तर के लिए कृपया पृष्ठ सं. 156 देखें।

(C) कठारिया (D) पछिमहा

415. थारू जनजाति की उपजाति डाँगरिया का निवास स्थान है—
(A) बहराइच जनपद के सिरसिया, बिछिया तथा मिहिनपुरवा में
(B) गोंडा जनपद के पंचपड़वा तथा गैसड़ी में
(C) उपर्युक्त दोनों में
(D) इनमें से कोई नहीं

416. थारू जनजाति की किस उपजाति का निवास गोरखपुर जनपद के नौतनवाँ में है?
(A) जोगिया (B) पछिमहा
(C) राणा (D) डाँगरिया

417. थारू जनजाति की कौन सी उपजाति खाना-बदोश किस्म की है?
(A) डाँगरिया (B) पछिमहा
(C) जोगिया (D) राणा

418. निम्नलिखित में से कौन सा कथन असत्य है?
(A) थारू जनजाति के लोग अपना घर मिट्टी और ईंटों से नहीं बनाते
(B) थारू जनजाति के लोगों के घर का द्वार पूर्व की ओर होता है
(C) थारू जनजाति के घर का प्रवेश द्वार दक्षिण के आखिरी कमरे से होता है
(D) थारू जनजाति के घर में बैठक कमरे का काफी महत्त्व है

419. थारू जनजाति की नातेदारी व्यवस्था किससे मिलती-जुलती है?
(A) हिंदुओं से (B) मुसलिमों से
(C) ईसाइयों से (D) उपर्युक्त सभी

420. थारू परिवार में घर का मुखिया कौन होता है?
(A) पिता (B) माता
(C) वृद्ध पुरुष (D) युवा पुत्र

421. थारू जनजातियों में विवाह अधिकतम किस महीने में होते हैं?
(A) चैत्र माह के कृष्ण पक्ष में
(B) फाल्गुन माह के शुक्ल पक्ष में
(C) कार्तिक माह के कृष्ण पक्ष में

उत्तर के लिए कृपया पृष्ठ सं. 156 देखें।

(D) ज्येष्ठ माह के शुक्ल पक्ष में

422. थारू जनजाति का मुख्य भोजन क्या है?

(A) चावल (B) गेहूँ

(C) मक्का (D) ज्वार-बाजरा

423. थारू हिंदू धर्म को मानते हैं और इनके आराध्य हैं—

(A) काली (B) भैरव

(C) महादेव (D) उपर्युक्त सभी

424. थारू निम्नलिखित में से किस वृक्ष की पूजा करते हैं?

(A) बरगद (B) पीपल

(C) आम (D) अशोक

425. थारुओं की राजनीतिक व्यवस्था (बिरादरी पंचायत) में निम्नलिखित में से कौन सा पद नहीं होता?

(A) प्रधान (B) उप-प्रधान

(C) भलेमानस (D) चौकीदार

426. निम्नलिखित मे से कौन सा कथन असत्य है?

(A) थारुओं में विवाह प्रथा काफी विचित्र है

(B) थारू समाज में स्त्रियों का स्तर निम्न होता है

(C) थारुओं में विवाह के मध्यस्थ व्यक्ति को मझपतिया कहते हैं

(D) थारुओं में वधू-मूल्य का प्रचलन है

427. बुक्सा जनजाति को निम्नलिखित में से किस वर्ष उत्तर प्रदेश की अनुसूचित जनजाति घोषित किया गया?

(A) वर्ष 1952 में (B) वर्ष 1964 में

(C) वर्ष 1967 में (D) वर्ष 1975 में

428. बुक्सा जनजाति निम्नलिखित में से किस जनपद में नहीं पाई जाती है?

(A) बिजनौर (B) सहारनपुर

(C) मुजफ्फरनगर (D) गौतम बुद्ध नगर

429. निम्नलिखित में से किस मानव वैज्ञानिक ने बुक्सा को मंगोल प्रजाति-मूलक बताया है?

(A) डॉ. एन. मजूमदार ने (B) रिज्ले ने

उत्तर के लिए कृपया पृष्ठ सं. 156-157 देखें।

(C) क्रूक ने (D) उपर्युक्त सभी

430. निम्नलिखित में से कौन बुक्सा जनजाति की शारीरिक विशेषता नहीं है?
(A) इनका कद छोटा और आँखें छोटी होती हैं
(B) इनका चेहरा चौड़ा दिखाई देता है
(C) इनकी नाक लंबी होती है
(D) इनके जबड़े मोटे तथा निकले हुए होते हैं

431. निम्नलिखित में से कौन बुक्सा जनजाति की विशेषता नहीं है?
(A) बुक्सा जनजाति में पिता के नाम पर वंश चलता है
(B) बुक्सा जनजाति की भाषा हिंदी है
(C) बुक्सा जनजाति का मुख्य भोजन मछली और चावल है
(D) बुक्सा समाज में क्षत्रिय सबसे ऊँचा स्थान रखते हैं

432. बुक्सा जनजाति का गाँव किस वृक्ष से घिरा होता है?
(A) केला (B) जामुन
(C) शहतूत (D) उपर्युक्त सभी

433. बुक्सा जनजाति के ग्रामीण संगठन का केंद्र होता है—
(A) बड़पतिया (B) मँझरा
(C) माहुल (D) मनेर

434. बुक्सा पंचायत का सबसे बड़ा अधिकारी क्या कहलाता है?
(A) तरवत (B) दरोगा
(C) मुंसिफ (D) सिपाही

435. निम्नलिखित में से कौन सा कथन असत्य है?
(A) बुक्सा जनजाति की झोंपड़ियाँ सीधे क्रम में बनी होती हैं
(B) बुक्सा जनजाति में नातेदारी संबंधी प्रथाओं का काफी महत्त्व है
(C) बुक्सा जनजाति में अंधविश्वास काफी कम है
(D) बुक्सा जनजाति में 'अंतर्जातीय-बहिर्गोत्रिय विवाह प्रथा' प्रचलित है

436. निम्नलिखित में से कौन सा जनपद माहीगीर जनजाति का मुख्य निवास क्षेत्र है?
(A) बिजनौर (B) सहारनपुर
(C) मुजफ्फरनगर (D) बागपत

उत्तर के लिए कृपया पृष्ठ सं. 157 देखें।

437. माहीगीर जनजाति मूलत: क्या है?

(A) कृषक (B) व्यवसायी

(C) आखेटक (D) मछुआरे

438. इनमें से किस जनजाति के लोगों ने इसलाम धर्म को अपना लिया है?

(A) थारू (B) माहीगीर

(C) बुक्सा (D) खरवार

439. निम्नलिखित में से कौन सा कथन असत्य है?

(A) माहीगीर जनजाति का उल्लेख महाभारत में मिलता है

(B) माहीगीर जनजाति के वैवाहिक संबंध अपने ही समुदाय में होते हैं

(C) माहीगीर जनजाति की आर्थिक स्थिति काफी मजबूत है

(D) माहीगीर जनजाति एक विशेष प्रकार की बोली बोलते हैं

440. माहीगीर समाज की पंचायत में निम्नलिखित में से किसकी भूमिका प्रमुख होती है?

(A) बादशाह की (B) वजीर की

(C) बादशाह और वजीर दोनों की (D) इनमें से कोई नहीं

441. उत्तर प्रदेश के किस जनपद में खरवार जनजाति का निवास है?

(A) मिर्जापुर (B) गोरखपुर

(C) शाहजहाँपुर (D) सीतापुर

442. खरवार जनजाति का प्रारंभिक पेशा क्या था?

(A) कृषि (B) मत्स्य-पालन

(C) व्यापार (D) आखेट

443. निम्नलिखित में से कौन खरवार जनजाति की उपजाति नहीं है?

(A) सूरजवंशी, खेरी (B) पटबंदी, दौलतबंदी

(C) मौगती, मोझयाली (D) चौसर, कनकोर

444. खरवार जनजाति के लोग किस धर्म को मानते हैं?

(A) हिंदू धर्म (B) मुसलिम धर्म

(C) ईसाई धर्म (D) इनमें से कोई नहीं

445. निम्नलिखित में से कौन सा कथन असत्य है?

(A) खरवार जनजाति की आर्थिक स्थिति अत्यंत खराब है

उत्तर के लिए कृपया पृष्ठ सं. 157 देखें।

(B) खरवार जनजाति के पुरुष धोती, बंडी तथा स्त्रियाँ साड़ी पहनती हैं
(C) खरवार जनजाति के लोग पूर्णतः मांसाहारी होते हैं
(D) खरवार जनजाति की भाषा तथा बोली पर स्थानीयता का प्रभाव दिखाई देता है

446. निम्नलिखित में से कौन सी जनजाति तराई क्षेत्र में निवास करती है ?

(A) खरवार (B) माहीगीर
(C) बुक्सा (D) थारू

447. निम्नलिखित में से कौन सी जनजाति मकर संक्रांति तथा दशहरा उत्साह से मनाती है ?

(A) माहीगीर (B) थारू
(C) खरवार (D) बुक्सा

448. निम्नलिखित में से कौन सी जनजाति भूत-प्रेत और जादू-टोने में विश्वास नहीं करती ?

(A) थारू (B) बुक्सा
(C) खरवार (D) इनमें से कोई नहीं

449. काशीपुर की चौमुंडा देवी निम्नलिखित में से किस जनजाति की सबसे बड़ी देवी मानी जाती हैं ?

(A) थारू (B) बुक्सा
(C) माहीगीर (D) खरवार

450. थारू जनजाति के लड़के-लड़कियों में शिक्षा के विकास के लिए निम्नलिखित में से किस जनपद में महाविद्यालय की स्थापना की गई है ?

(A) गोरखपुर (B) लखीमपुर खीरी
(C) महाराजगंज (D) गोंडा

☐

उत्तर के लिए कृपया पृष्ठ सं. 157 देखें।

10

शिक्षा

451. निम्नलिखित में से किस वर्ष किए गए संविधान संशोधन द्वारा शिक्षा को राज्यों के उत्तरदायित्व से हटाकर समवर्ती सूची में डाल दिया गया है?
    (A) वर्ष 1968 में (B) वर्ष 1976 में
    (C) वर्ष 1982 में (D) वर्ष 1987 में

452. उत्तर प्रदेश सरकार ने वर्ष 2000 में 'सभी को शिक्षा एवं सभी को ज्ञान' के लक्ष्य को हासिल करने के लिए निम्नलिखित में से कौन सा अभियान चलाया था?
    (A) सर्व शिक्षा अभियान (B) साक्षरता अभियान
    (C) नव साक्षर अभियान (D) स्कूल चलो अभियान

453. निम्नलिखित में से कौन 'स्कूल चलो अभियान' का लक्ष्य है?
    (A) 6-14 वर्ष तक के सभी बच्चों का शत-प्रतिशत नामांकन
    (B) ड्रॉप आउट दर 50 प्रतिशत से घटाकर 28 प्रतिशत करना
    (C) शिक्षकों की शिक्षण गुणवत्ता में वृद्धि
    (D) उपर्युक्त सभी

454. उत्तर प्रदेश में लागू की गई 'कल्प योजना' किस शिक्षा से संबंधित है?
    (A) प्राथमिक शिक्षा (B) माध्यमिक शिक्षा
    (C) उच्च शिक्षा (D) प्रौद्योगिकी शिक्षा

455. उत्तर प्रदेश में संचालित राष्ट्रीय साक्षरता मिशन में व्यय राशि का राज्य सरकार द्वारा कितने प्रतिशत भाग वहन किया जाता है?
    (A) संपूर्ण (B) दो-तिहाई
    (C) एक-तिहाई (D) तीन-चौथाई

उत्तर के लिए कृपया पृष्ठ सं. 157 देखें।

456. उत्तर प्रदेश में राज्य शैक्षिक अनुसंधान एवं प्रशिक्षण परिषद् (एस.सी.ई.आर.टी.) की स्थापना कब की गई थी?

(A) वर्ष 1976 में (B) वर्ष 1978 में

(C) वर्ष 1981 में (D) वर्ष 1985 में

457. प्राथमिक शिक्षा में राष्ट्रीय पोषणिक समर्थन के कार्यक्रम 'दोपहर भोजन योजना' की औपचारिक शुरुआत कब की गई?

(A) वर्ष 1992 में (B) वर्ष 1995 में

(C) वर्ष 1997 में (D) वर्ष 1999 में

458. केंद्र सरकार द्वारा प्रायोजित 'जिला प्राथमिक शिक्षा कार्यक्रम' की शुरुआत कब की गई?

(A) वर्ष 1992 में (B) वर्ष 1994 में

(C) वर्ष 1999 में (D) वर्ष 2002 में

459. देश भर के प्राथमिक विद्यालयों में उपलब्ध मानव एवं भौतिक संसाधनों में सुधार हेतु 'ऑपरेशन ब्लैक-बोर्ड' योजना की शुरुआत की गई—

(A) वर्ष 1952-53 में (B) वर्ष 1975-76 में

(C) वर्ष 1987-88 में (D) वर्ष 1992-93 में

460. प्राथमिक शिक्षा के विकास हेतु संचालित योजनाएँ और उनके लक्ष्य के संबंध में निम्नलिखित में से कौन सा युग्म सुमेलित नहीं है?

(A) सर्व शिक्षा योजना—संपूर्ण साक्षरता हेतु विशेष प्रयास करना

(B) शिक्षा मित्र योजना—प्राथमिक विद्यालयों में शिक्षकों की कमी को दूर करना

(C) ऑपरेशन ब्लैक-बोर्ड योजना—प्राथमिक विद्यालयों में भौतिक सुविधाएँ बढ़ाना

(D) शिक्षा गारंटी योजना—सभी वर्गों को प्राथमिक शिक्षा सुलभ कराना

461. स्वतंत्रता पूर्व उत्तर प्रदेश में कितने विश्वविद्यालय थे?

(A) 2 (B) 5

(C) 8 (D) 12

462. स्वतंत्रता पूर्व उत्तर प्रदेश में कितने महाविद्यालय थे?

(A) 4 (B) 8

उत्तर के लिए कृपया पृष्ठ सं. 157 देखें।

(C) 12 (D) 16

463. वर्तमान में उत्तर प्रदेश में कुल कितने विश्वविद्यालय हैं?

(A) 15 (B) 23

(C) 25 (D) 29

464. वर्तमान में उत्तर प्रदेश में कुल कितने महाविद्यालय हैं?

(A) 1216 (B) 940

(C) 854 (D) 768

465. वर्तमान में उत्तर प्रदेश में कितने विश्वविद्यालय स्तर के संस्थान हैं?

(A) 14 (B) 12

(C) 6 (D) 4

466. काशी हिंदू विश्वविद्यालय, वाराणसी की स्थापना किस वर्ष हुई थी?

(A) 1898 में (B) 1907 में

(C) 1916 में (D) 1922 में

467. लखनऊ विश्वविद्यालय, लखनऊ की स्थापना किस वर्ष हुई थी?

(A) 1921 में (B) 1927 में

(C) 1935 में (D) 1941 में

468. अलीगढ़ मुसलिम विश्वविद्यालय, अलीगढ़ की स्थापना किस वर्ष हुई थी?

(A) 1916 में (B) 1921 में

(C) 1927 में (D) 1932 में

469. पं. दीनदयाल उपाध्याय विश्वविद्यालय, गोरखपुर की स्थापना किस वर्ष हुई थी?

(A) 1924 में (B) 1936 में

(C) 1957 में (D) 1968 में

470. डॉ. भीमराव अंबेडकर विश्वविद्यालय, आगरा की स्थापना किस वर्ष हुई थी?

(A) 1916 में (B) 1922 में

(C) 1927 में

(D) 1929 में

उत्तर के लिए कृपया पृष्ठ सं. 157 देखें।

471. इलाहाबाद विश्वविद्यालय, इलाहाबाद की स्थापना किस वर्ष हुई थी?
(A) 1865 में (B) 1868 में
(C) 1878 में (D) 1887 में

472. डॉ. भीमराव अंबेडकर विश्वविद्यालय, लखनऊ की स्थापना किस वर्ष हुई थी?
(A) 1989 में (B) 1985 में
(C) 1981 में (D) 1975 में

473. डॉ. राममनोहर लोहिया अवध विश्वविद्यालय, फैजाबाद की स्थापना किस वर्ष हुई थी?
(A) 1970 में (B) 1975 में
(C) 1978 में (D) 1982 में

474. वीर बहादुर सिंह पूर्वांचल विश्वविद्यालय, जौनपुर की स्थापना किस वर्ष हुई थी?
(A) 1980 में (B) 1982 में
(C) 1987 में (D) 1991 में

475. महात्मा गांधी काशी विद्यापीठ, वाराणसी की स्थापना किस वर्ष हुई थी?
(A) 1968 में (B) 1970 में
(C) 1972 में (D) 1974 में

476. संपूर्णानंद संस्कृत विश्वविद्यालय, वाराणसी की स्थापना किस वर्ष हुई थी?
(A) 1952 में (B) 1958 में
(C) 1964 में (D) 1968 में

477. छत्रपति शाहूजी महाराज विश्वविद्यालय, कानपुर की स्थापना किस वर्ष हुई थी?
(A) 1965 में (B) 1968 में
(C) 1972 में (D) 1977 में

478. बुंदेलखंड विश्वविद्यालय, झाँसी की स्थापना किस वर्ष हुई थी?
(A) 1970 में (B) 1975 में
(C) 1980 में (D) 1985 में

उत्तर के लिए कृपया पृष्ठ सं. 157-158 देखें।

479. एम.जे.पी. रुहेलखंड विश्वविद्यालय, बरेली की स्थापना किस वर्ष हुई थी?
(A) 1975 में (B) 1978 में
(C) 1982 में (D) 1986 में

480. चौधरी चरण सिंह विश्वविद्यालय, मेरठ की स्थापना किस वर्ष हुई थी?
(A) 1960 में (B) 1963 में
(C) 1965 में (D) 1968 में

481. चंद्रशेखर आजाद कृषि एवं प्रौद्योगिकी विश्वविद्यालय, कानपुर की स्थापना किस वर्ष हुई थी?
(A) 1968 में (B) 1974 में
(C) 1978 में (D) 1983 में

482. आचार्य नरेंद्रदेव कृषि एवं प्रौद्योगिकी विश्वविद्यालय, फैजाबाद की स्थापना किस वर्ष हुई थी?
(A) 1974 में (B) 1977 में
(C) 1982 में (D) 1986 में

483. राजर्षि टंडन मुक्त विश्वविद्यालय, इलाहाबाद की स्थापना किस वर्ष हुई थी?
(A) 1981-82 में (B) 1989-90 में
(C) 1994-95 में (D) 1998-99 में

484. निम्नलिखित में से कौन सा डीम्ड विश्वविद्यालय नहीं है?
(A) पशु चिकित्सा अनुसंधान संस्थान, इज्जतनगर, बरेली
(B) संजय गांधी स्नातकोत्तर आयुर्विज्ञान संस्थान, लखनऊ
(C) चंद्रशेखर आजाद कृषि एवं प्रौद्योगिकी विश्वविद्यालय, कानपुर
(D) दयालबाग एजुकेशनल शिक्षण संस्थान, दयालबाग, आगरा

485. डीम्ड विश्वविद्यालय तथा स्थापना वर्ष के संबंध में निम्नलिखित में से कौन सा युग्म सुमेलित नहीं है?
(A) इलाहाबाद एग्रीकल्चरल इंस्टीट्यूट, नैनी, इलाहाबाद-2000
(B) भातखंडे म्यूजिक इंस्टीट्यूट, लखनऊ-2001
(C) राष्ट्रीय प्रौद्योगिकी संस्थान, इलाहाबाद-2002
(D) केंद्रीय उच्च तिब्बती शिक्षा संस्थान, सारनाथ, वाराणसी-1994

उत्तर के लिए कृपया पृष्ठ सं. 158 देखें।

486. वर्तमान में उत्तर प्रदेश में कुल कितने मेडिकल कॉलेज हैं?
(A) 16 (B) 22
(C) 34 (D) 58

487. उत्तर प्रदेश के इनमें से किस नगर में मेडिकल कॉलेज नहीं है?
(A) आगरा (B) लखनऊ
(C) वाराणसी (D) देवरिया

488. निजी क्षेत्र का संतोष मेडिकल कॉलेज निम्नलिखित में से किस नगर में स्थित है?
(A) गोरखपुर (B) लखनऊ
(C) गाजियाबाद (D) मेरठ

489. उत्तर प्रदेश में कितने आयुर्वेदिक मेडिकल कॉलेज स्थापित हैं?
(A) 9 (B) 12
(C) 16 (D) 19

490. उत्तर प्रदेश में कितने यूनानी मेडिकल कॉलेज स्थापित हैं?
(A) 3 (B) 6
(C) 9 (D) 12

491. उत्तर प्रदेश सरकार द्वारा फरवरी 2001 में गठित 'उत्तर प्रदेश माध्यमिक संस्कृत परिषद्' का मुख्यालय कहाँ स्थित है?
(A) वाराणसी में (B) इलाहाबाद में
(C) लखनऊ में (D) कानपुर में

492. उत्तर प्रदेश का सबसे पुराना विश्वविद्यालय कौन सा है?
(A) लखनऊ विश्वविद्यालय (B) मेरठ विश्वविद्यालय
(C) इलाहाबाद विश्वविद्यालय (D) गोरखपुर विश्वविद्यालय

493. उत्तर प्रदेश में उच्च शिक्षा निदेशालय निम्नलिखित में से कहाँ स्थित है?
(A) आगरा (B) लखनऊ
(C) मेरठ (D) इलाहाबाद

494. उच्च शिक्षा निदेशालय के अंतर्गत सर्वप्रथम क्षेत्रीय कार्यालय की स्थापना निम्नलिखित में से कहाँ की गई?
(A) बरेली (B) जौनपुर

उत्तर के लिए कृपया पृष्ठ सं. 158 देखें।

(C) गोरखपुर (D) आगरा

495. उत्तर प्रदेश में कुल कितने कृषि विश्वविद्यालय हैं?

(A) 3 (B) 5

(C) 7 (D) 9

496. निम्नलिखित में से किस स्थान पर गौतम बुद्ध विश्वविद्यालय की स्थापना की गई है?

(A) कुशीनगर (B) सारनाथ

(C) ग्रेटर नोएडा (D) इनमें से कोई नहीं

497. उत्तर प्रदेश सरकार द्वारा जून 2001 में निजी क्षेत्र के किस विश्वविद्यालय की स्थापना की अनुमति दी गई?

(A) उत्तर प्रदेश महर्षि महेश योगी सूचना प्रौद्योगिकी विश्वविद्यालय

(B) जगद्गुरु रामानंदाचार्य रामभद्राचार्य विकलांग विश्वविद्यालय

(C) उपर्युक्त दोनों को

(D) इनमें से कोई नहीं

498. उत्तर प्रदेश के निम्नलिखित में से किस नगर में चंद्रशेखर आजाद कृषि एवं तकनीकी विश्वविद्यालय स्थित है?

(A) कानपुर (B) गोरखपुर

(C) लखनऊ (D) बरेली

499. 'इंस्टीट्यूट ऑफ सोशल स्टडीज' निम्नलिखित में से किस स्थान पर स्थित है?

(A) कानपुर (B) लखनऊ

(C) इलाहाबाद (D) आगरा

500. पैराट्रूपर्स इंडियन मिलिट्री कॉलेज निम्नलिखित में से कहाँ स्थित है?

(A) कानपुर (B) फैजाबाद

(C) आगरा (D) वाराणसी

□

उत्तर के लिए कृपया पृष्ठ सं. 158 देखें।

11

समाज कल्याण एवं ग्रामीण विकास

501. उत्तर प्रदेश में समाज कल्याण विभाग की स्थापना निम्नलिखित में से किस वर्ष की गई थी?
(A) 1948-49 में (B) 1951-52 में
(C) 1955-56 में (D) 1957-58 में

502. उत्तर प्रदेश सरकार द्वारा वर्ष 1995-96 में निम्नलिखित में से किसका गठन किया गया?
(A) अल्पसंख्यक कल्याण विभाग (B) विकलांग कल्याण विभाग
(C) पिछड़ा वर्ग कल्याण विभाग (D) उपर्युक्त सभी

503. उत्तर प्रदेश में अनुसूचित जाति एवं जनजाति के विद्यार्थियों के लिए बुक बैंक की स्थापना निम्नलिखित में से किस वर्ष की गई?
(A) 1978-79 में (B) 1982-83 में
(C) 1985-86 में (D) 1987-88 में

504. उत्तर प्रदेश समाज कल्याण निर्माण निगम लिमिटेड की स्थापना कब की गई?
(A) 12 फरवरी, 1972 (B) 26 अगस्त, 1974
(C) 25 जून, 1976 (D) 13 दिसंबर, 1977

505. नई आशा योजना निम्नलिखित में से किस वर्ष से संचालित की जा रही है?
(A) 2001-02 से (B) 2003-04 से
(C) 2004-05 से (D) 2005-06 से

उत्तर के लिए कृपया पृष्ठ सं. 158 देखें।

506. उत्तर प्रदेश में सैनिक कल्याण एवं पुनर्वास निदेशालय की स्थापना किस वर्ष की गई थी?
(A) 1970 में (B) 1972 में
(C) 1974 में (D) 1977 में

507. उत्तर प्रदेश में भूतपूर्व सैनिक कल्याण निगम की स्थापना कब की गई?
(A) 15 अगस्त, 1989 को (B) 13 जून, 1990 को
(C) 17 मई, 1991 को (D) 14 नवंबर, 1992 को

508. उत्तर प्रदेश में सिर पर मैला ढोने पर रोक के बाद बेरोजगार लोगों को रोजगार प्रदान करने के उद्देश्य से सैनेट्री मार्ट योजना की शुरुआत कब की गई?
(A) वर्ष 1998-99 से (B) वर्ष 2001-02 से
(C) वर्ष 2002-03 से (D) वर्ष 2003-04 से

509. उत्तर प्रदेश में 'द वक्फ एक्ट' लागू है—
(A) 13 मार्च, 1994 से (B) 16 अगस्त, 1995 से
(C) 1 जनवरी, 1996 से (D) 16 मई, 1997 से

510. एक कंपनी के रूप में उत्तर प्रदेश अल्पसंख्यक वित्तीय एवं विकास निगम का गठन किया गया था—
(A) 17 नवंबर, 1984 को (B) 20 जनवरी, 1985 को
(C) 26 मार्च, 1987 को (D) 13 जून, 1988 को

511. उत्तर प्रदेश में बालिकाश्री योजना की शुरुआत हुई थी—
(A) जून 2003 से (B) नवंबर 2004 से
(C) फरवरी 2005 से (D) जुलाई 2006 से

512. राष्ट्रीय धार्मिक और भाषाई अल्पसंख्यक आयोग ने काम करना शुरू किया—
(A) 21 मार्च, 2005 से (B) 13 जून, 2006 से
(C) 24 अगस्त, 2007 से (D) 12 नवंबर, 2008 से

513. उत्तर प्रदेश में भिक्षावृत्ति प्रतिषेध अधिनियम कब से लागू है?
(A) वर्ष 1972 से (B) वर्ष 1975 से
(C) वर्ष 1977 से (D) वर्ष 1979 से

उत्तर के लिए कृपया पृष्ठ सं. 158 देखें।

514. उत्तर प्रदेश में कृषक वृद्धावस्था पेंशन कब लागू की गई?
 (A) 12 जून, 2000 से (B) 21 फरवरी, 2002 से
 (C) 2 अक्तूबर, 2003 से (D) 5 मार्च, 2003 से

515. भारत सरकार द्वारा विकलांग व्यक्ति अधिनियम कब लागू किया गया?
 (A) वर्ष 1993 में (B) वर्ष 1994 में
 (C) वर्ष 1995 में (D) वर्ष 1997 में

516. उत्तर प्रदेश में विधवा पेंशन प्राप्त महिलाओं की वयस्क पुत्रियों की शादी के लिए राज्य सरकार द्वारा कितनी सहायता राशि प्रदान की जाती है?
 (A) 10 हजार रुपये (B) 20 हजार रुपये
 (C) 30 हजार रुपये (D) 40 हजार रुपये

517. विकलांग व्यक्तियों के लिए समन्वित क्षेत्रीय केंद्र निम्नलिखित में से कहाँ स्थापित है?
 (A) कानपुर में (B) लखनऊ में
 (C) मेरठ में (D) इलाहाबाद में

518. वृद्धजन के लिए राष्ट्रीय नीति की घोषणा निम्नलिखित में से किस वर्ष की गई?
 (A) 1997 में (B) 1998 में
 (C) 1999 में (D) 2001 में

519. निराश्रित बालक/बालिकाओं को आवासीय सुविधा अपलब्ध करानेवाले स्वैच्छिक संगठनों को राज्य सरकार द्वारा कितने प्रतिशत का अनुदान दिया जाता है?
 (A) 50 प्रतिशत (B) 70 प्रतिशत
 (C) 80 प्रतिशत (D) 90 प्रतिशत

520. भारत सरकार द्वारा इंदिरा आवास योजना की शुरुआत कब की गई?
 (A) वर्ष 1985-86 में (B) वर्ष 1987-88 में
 (C) वर्ष 1988-89 में (D) वर्ष 1989-90 में

521. भारत सरकार द्वारा संचालित इंदिरा महिला योजना का शुभारंभ 20 अगस्त, 1995 को प्रदेश के किन दो जनपदों से शुरू किया गया?
 (A) जालौन, बिजनौर (B) मुरादाबाद, बरेली

उत्तर के लिए कृपया पृष्ठ सं. 158 देखें।

(C) इलाहाबाद, वाराणसी (D) कानपुर, इटावा

522. किशोरियों के स्वास्थ्य विषयक तथा आर्थिक आवश्यकताओं की पूर्ति हेतु किशोरी शक्ति योजना की शुरुआत कब की गई?

(A) 1 जून, 2000 से (B) 8 मार्च, 2001 से
(C) 12 मई, 2002 से (D) 13 नवंबर, 2003 से

523. उत्तर प्रदेश महिला कल्याण निगम की स्थापना कब हुई थी?

(A) नवंबर 1983 में (B) जून 1984 में
(C) अगस्त 1985 में (D) मार्च 1988 में

524. निम्नलिखित में से कौन सी योजना स्वच्छकार एवं उनके आश्रितों से संबंधित है?

(A) आश्रय योजना (B) उन्नयन योजना
(C) नव शक्ति योजना (D) विक्रम योजना

525. ग्रामीण मजदूरों को रोजगार प्रदान करने के उद्‌देश्य से 'काम के बदले अनाज' योजना की शुरुआत निम्नलिखित में से किस वर्ष की गई?

(A) 1975 में (B) 1977 में
(C) 1979 में (D) 1982 में

526. गर्भवती महिलाओं के लिए वंदे मातरम् योजना की शुरुआत कब की गई?

(A) 4 नवंबर, 2003 से (B) 22 दिसंबर, 2003 से
(C) 9 फरवरी, 2004 से (D) 12 जून, 2004 से

527. 'इंदिरा आवास योजना' की शुरुआत निम्नलिखित में से किस वर्ष की गई?

(A) 1985 में (B) 1988 में
(C) 1990 में (D) 1992 में

528. प्रधानमंत्री ग्राम सड़क योजना की शुरुआत कब की गई?

(A) 13 जून, 1994 को (B) 15 मार्च, 1998 को
(C) 25 दिसंबर, 2000 को (D) 13 अगस्त, 2001 को

529. प्रधानमंत्री ग्रामोदय योजना संबंधित है—

(A) ग्रामीण आवास से (B) ग्रामीण पेयजल से

उत्तर के लिए कृपया पृष्ठ सं. 158 देखें।

(C) उपर्युक्त दोनों से (D) इनमें से कोई नहीं

530. उत्तर प्रदेश में एकीकृत ग्राम्य विकास योजना लागू की गई—
(A) वर्ष 1980–81 में (B) वर्ष 1982–83 में
(C) वर्ष 1984–85 में (D) वर्ष 1986–87 में

531. उत्तर प्रदेश में स्वत: रोजगार हेतु ग्रामीण युवकों को प्रशिक्षण की योजना (ट्राइसेम) की शुरुआत की गई—
(A) वर्ष 1972–73 में (B) वर्ष 1975–76 में
(C) वर्ष 1979–80 में (D) वर्ष 1982–83 में

532. उत्तर प्रदेश में राष्ट्रीय बायोगैस कार्यक्रम निम्नलिखित में से किस वर्ष लागू किया गया?
(A) 1981–82 में (B) 1985–86 में
(C) 1988–89 में (D) 1992–93 में

533. उत्तर प्रदेश में कृषक/प्रसार प्रशिक्षण कार्यक्रम कब लागू किया गया?
(A) वर्ष 1952 में (B) वर्ष 1954 में
(C) वर्ष 1956 में (D) वर्ष 1958 में

534. उत्तर प्रदेश किसान बीमा योजना की शुरुआत कब की गई?
(A) वर्ष 2001–02 में (B) वर्ष 2004–05 में
(C) वर्ष 2005–06 में (D) वर्ष 2006–07 में

535. उत्तर प्रदेश में सुनिश्चित रोजगार योजना कब लागू की गई?
(A) 15 जून, 1992 को (B) 2 अक्तूबर, 1993 को
(C) 13 मार्च, 1994 को (D) 16 अगस्त, 1995 को

536. दीनदयाल उपाध्याय राज्य ग्राम्य विकास संस्थान की स्थापना कब हुई थी?
(A) जून 1979 में (B) नवंबर 1981 में
(C) अप्रैल 1982 में (D) मार्च 1985 में

537. प्रधानमंत्री ग्रामोदय योजना की शुरुआत कब की गई?
(A) 15 अगस्त, 2000 को (B) 2 अक्तूबर, 2000 को
(C) 30 जनवरी, 2001 को (D) 15 मार्च, 2002 को

538. केंद्रीय ग्रामीण स्वच्छता कार्यक्रम की शुरुआत कब की गई ?
(A) वर्ष 1984 में (B) वर्ष 1986 में

उत्तर के लिए कृपया पृष्ठ सं. 158-159 देखें।

(C) वर्ष 1989 में (D) वर्ष 1992 में

539. जिला ग्रामीण विकास एजेंसियों को मजबूत बनाने तथा उन्हें अपने कामकाज में अधिक व्यावसायिकता लाने के उद्देश्य से केंद्र प्रायोजित योजना के रूप में जिला ग्रामीण विकास एजेंसी प्रशासन (डी.आर.डी.ए.) नामक कार्यक्रम की शुरुआत कब की गई?

(A) 13 जून, 1997 को (B) 12 मार्च, 1998 को
(C) 1 अप्रैल, 1999 को (D) 19 सितंबर, 2000 को

540. उत्तर प्रदेश सरकार द्वारा विधायक निधि योजना की शुरुआत कब की गई?

(A) वर्ष 1995-96 में (B) वर्ष 1997-98 में
(C) वर्ष 1998-99 में (D) वर्ष 2000-01 में

541. उत्तर प्रदेश में डवाकरा योजना की शुरुआत कब हुई थी?

(A) वर्ष 1982-83 में (B) वर्ष 1984-85 में
(C) वर्ष 1986-87 में (D) वर्ष 1988-89 में

542. निम्नलिखित में से किस योजना को लागू करने वाला उत्तर प्रदेश पहला राज्य है?

(A) ग्रामीण आवास योजना (B) विद्यार्थी सुरक्षा बीमा योजना
(C) सेनेट्री मार्ट योजना (D) इनमें से कोई नहीं

543. राष्ट्रीय सहकारी आवास संघ (एन.सी.एच.एफ.) की स्थापना कब की गई?

(A) वर्ष 1968 में (B) वर्ष 1969 में
(C) वर्ष 1971 में (D) वर्ष 1973 में

544. उत्तर प्रदेश सरकार द्वारा लोहिया ग्राम विकास योजना की शुरुआत कब की गई?

(A) वर्ष 2001-02 में (B) वर्ष 2003-04 में
(C) वर्ष 2004-05 में (D) वर्ष 2005-06 में

545. उत्तर प्रदेश में महामाया आवास योजना की शुरुआत कब की गई?

(A) 10 सितंबर, 2007 को (B) 12 मार्च, 2006 को
(C) 13 जून, 2005 को (D) 27 अगस्त, 2006 को

उत्तर के लिए कृपया पृष्ठ सं. 159 देखें।

546. केंद्र सरकार की वाल्मीकि अंबेडकर आवास योजना (वाम्बेय) की शुरुआत कब हुई?

(A) 13 मार्च, 1998 को (B) 12 जून, 1999 को
(C) 1 जनवरी, 2000 को (D) 2 दिसंबर, 2001 को

547. जनश्री बीमा योजना की शुरुआत कब की गई थी?

(A) 13 फरवरी, 1998 को (B) 10 अगस्त, 2000 को
(C) 16 मार्च, 2002 को (D) 13 जून, 2004 को

548. केंद्र सरकार द्वारा राष्ट्रीय कृषि बीमा योजना की शुरुआत कब की गई?

(A) वर्ष 1996-97 में (B) वर्ष 1997-98 में
(C) वर्ष 1999-00 में (D) वर्ष 2001-02 में

549. उत्तर प्रदेश में ई-डिस्ट्रिक्ट परियोजना की शुरुआत कब की गई?

(A) सितंबर 2007 में (B) नवंबर 2008 में
(C) जनवरी 2009 में (D) अप्रैल 2010 में

550. निम्नलिखित में से कौन उत्तर प्रदेश सरकार की योजना है?

(A) रोजगार छतारी योजना (B) कन्या विद्या धन योजना
(C) छात्रवृत्ति योजना (D) उपर्युक्त सभी

□

उत्तर के लिए कृपया पृष्ठ सं. 159 देखें।

12

कला एवं संस्कृति

551. लखनऊ में कला एवं शिल्प विद्यालय की स्थापना कब हुई थी ?

(A) वर्ष 1911 में (B) वर्ष 1914 में
(C) वर्ष 1917 में (D) वर्ष 1919 में

552. लखनऊ में 'वाश' कला शैली तथा 'टेंपा' कला शैली की शुरुआत करनेवाले आसित कुमार हल्दार बंगाल स्कूल से लखनऊ कब आए ?

(A) वर्ष 1921 में (B) वर्ष 1925 में
(C) वर्ष 1929 में (D) वर्ष 1935 में

553. निम्नलिखित में से किसने लखनऊ में ग्राफिक विद्या की शुरुआत की ?

(A) वीरेश्वर सेन ने (B) हरिहरलाल मेढ़ ने
(C) ललित मोहन सेन ने (D) बद्रीनाथ आर्य ने

554. निम्नलिखित में से किस वर्ष कला विद्यालय को लखनऊ विश्वविद्यालय में ललित कला संकाय के रूप में मान्यता मिली ?

(A) 1973 में (B) 1976 में
(C) 1980 में (D) 1985 में

555. उत्तर प्रदेश चलचित्र निगम लिमिटेड की स्थापना कब हुई थी ?

(A) 13 जनवरी, 1975 को (B) 10 सितंबर, 1975 को
(C) 22 मार्च, 1976 को (D) 19 नवंबर, 1976 को

556. उत्तर प्रदेश कलाकार संघ की स्थापना निम्नलिखित में से किस वर्ष हुई थी ?

(A) 1932 में (B) 1934 में
(C) 1936 में (D) 1940 में

उत्तर के लिए कृपया पृष्ठ सं. 159 देखें।

557. लखनऊ में नगर निगम आर्ट गैलरी की स्थापना कब हुई थी?
(A) वर्ष 1949 में (B) वर्ष 1953 में
(C) वर्ष 1957 में (D) वर्ष 1962 में

558. उत्तर प्रदेश सरकार ने किस वर्ष संस्कृति विभाग की स्थापना की?
(A) 1952 में (B) 1957 में
(C) 1961 में (D) 1965 में

559. निम्नलिखित में से कौन लखनऊ में स्थापित है?
(A) जैन विद्या शोध संस्थान
(B) आचार्य नरेंद्र देव अंतरराष्ट्रीय विद्या शोध संस्थान
(C) उपर्युक्त दोनों
(D) इनमें से कोई नहीं

560. उत्तर प्रदेश सरकार भारत सरकार की सहायता से राज्य में कितने वर्ष से अधिक प्राचीन पुरावशेषों का पंजीकरण करती है?
(A) 50 वर्ष (B) 100 वर्ष
(C) 200 वर्ष (D) 300 वर्ष

561. उत्तर प्रदेश सरकार ने लखनऊ में पुरातत्त्व विभाग की स्थापना कब की थी?
(A) वर्ष 1951 में (B) वर्ष 1955 में
(C) वर्ष 1961 में (D) वर्ष 1966 में

562. वर्ष 1979-80 में निम्नलिखित में से कहाँ क्षेत्रीय पुरातात्त्विक इकाई स्थापित नहीं की गई थी?
(A) आगरा, झाँसी (B) वाराणसी, गोरखपुर
(C) इलाहाबाद (D) मेरठ

563. उत्तर प्रदेश राज्य पुरातत्त्व संगठन का नाम कब उत्तर प्रदेश राज्य पुरातत्त्व विभाग कर दिया गया?
(A) 13 मार्च, 1992 को (B) 27 अगस्त, 1996 को
(C) 14 जून,1998 को (D) 15 मार्च, 2000 को

564. उत्तर प्रदेश में किस दिन रंगमंच दिवस मनाया जाता है?
(A) 3 अप्रैल को (B) 12 जून को
(C) 19 अक्तूबर को (D) 28 दिसंबर को

उत्तर के लिए कृपया पृष्ठ सं. 159 देखें।

565. महाराजा ईश्वरी प्रसाद, जिन्होंने मुगलकाल के पतन के बाद औरंगजेब के दरबार से भागे हुए कलाकारों को सम्मान एवं संरक्षण प्रदान किया, वे कहाँ के नरेश थे?

(A) काशी (B) अवध

(C) मथुरा (D) कन्नौज

566. 'शबीह चित्र' निम्नलिखित में से किसकी रचना है?

(A) वीरेश्वर सेन की (B) ललित मोहन सेन की

(C) रमेश चंद्र साथी की (D) हरिहरलाल मेढ़ की

567. वर्किंग आर्टिस्ट ऑफ वाराणसी की स्थापना किस वर्ष हुई थी?

(A) 1972 में (B) 1976 में

(C) 1981 में (D) 1985 में

568. निम्नलिखित में से किस चित्रकार को उत्तर प्रदेश के विद्यानसभा में भित्ति-चित्र चित्रित करने का गौरव प्राप्त है?

(A) बद्रीनाथ आर्य को (B) हरिहरलाल मेढ़ को

(C) जगन्नाथ मुरलीधर को (D) नित्यानंद को

569. निम्नलिखित में से किसने भारतीय संगीत में फारसी धुनों का समावेश कर नए रागों का सृजन किया?

(A) वजीर अली खाँ ने (B) अमीर खुसरो ने

(C) सुल्तान हुसैन शर्की ने (D) उस्ताद अलाउद्दीन खाँ ने

570. महान् संगीतज्ञ, ध्रुपद-धमार के प्रवर्तक स्वामी हरिदासजी कहाँ निवास करते थे?

(A) मथुरा में (B) काशी में

(C) वृंदावन में (D) प्रयाग में

571. उस्ताद बिस्मिल्लाह खाँ किस वाद्य यंत्र से संबंधित थे?

(A) तबला (B) बाँसुरी

(C) शहनाई (D) उपर्युक्त सभी

572. लखनऊ में ललित कला अकादमी की स्थापना निम्नलिखित में से किस वर्ष हुई थी?

(A) 1954 में (B) 1959 में

उत्तर के लिए कृपया पृष्ठ सं. 159 देखें।

(C) 1962 में (D) 1970 में

573. काशी हिंदू विश्वविद्यालय में भारत कला भवन की स्थापना कब हुई थी?
(A) वर्ष 1946 में (B) वर्ष 1950 में
(C) वर्ष 1958 में (D) वर्ष 1964 में

574. उत्तर प्रदेश में कला एवं संस्कृति को बढ़ावा देने के लिए निम्नलिखित में से किसका गठन किया गया है?
(A) कला शिक्षा परिषद् (B) संस्कृति शिक्षा परिषद्
(C) कला एवं संस्कृति परिषद् (D) उपर्युक्त सभी

575. निम्नलिखित में से कौन सी उत्तर प्रदेश की प्रमुख चित्रकला शैली नहीं है?
(A) मिर्जापुर शैली या कंदरा शैली (B) मथुरा शैली या ब्रज शैली
(C) आगरा शैली या मुगल शैली (D) सारनाथ शैली या बुद्ध शैली

576. मेरठ निवासी चित्रकार चमन सिंह 'चमन' ने चित्रकला एवं मूर्तिकला पर कितनी पुस्तकें लिखी हैं?
(A) 10 (B) 20
(C) 30 (D) 50

577. निम्नलिखित में से कौन उत्तर प्रदेश के प्रमुख चित्रकार नहीं हैं?
(A) रमेश चंद्र साथी (B) सुरेंद्र बहादुर 'सुमानव'
(C) रामाश्रय (D) नित्यानंद

578. 'बड़ा ख्याल' जैसी नई गायन शैली के जनक सुल्तान हुसैन शर्की कहाँ के रहनेवाले थे?
(A) वाराणसी (B) जौनपुर
(C) आगरा (D) सीतापुर

579. प्रख्यात सूफी संत, कवि तथा संगीतज्ञ अमीर खुसरो ने किस वाद्य यंत्र का आविष्कार किया था?
(A) तबला (B) हारमोनियम
(C) सितार (D) चिमटा

580. महान् संगीतज्ञ तानसेन के दामाद हाजी सुल्तान ने 'ख्याल गायकी' को प्रचलित कर किस घराना को जन्म दिया?
(A) बनारस घराना (B) आगरा घराना

उत्तर के लिए कृपया पृष्ठ सं. 159 देखें।

(C) रामपुर घराना (D) इनमें से कोई नहीं

581. निम्नलिखित में से किन वाद्य यंत्रों का आविष्कार उत्तर प्रदेश में हुआ?
(A) वीणा, घड़ा, मृदंग, मजीरा (B) एकतारा, सितार, नगाड़ा
(C) ढोलक, घुँघरू, चिमटा (D) उपर्युक्त सभी

582. देश में संगीत क्षेत्र का प्रथम पदक सम्मान प्राप्त करनेवाले उस्ताद मुश्ताक हुसैन खाँ किस घराना के संस्थापक थे?
(A) बनारस घराना (B) आगरा घराना
(C) रामपुर घराना (D) सैनिया घराना

583. महान गायक मियाँ शौरी ने 'टप्पा गायकी' शैली प्रचलित की। वे कहाँ के रहनेवाले थे?
(A) आगरा के (B) लखनऊ के
(C) बनारस के (D) रामपुर के

584. रामपुर के संगीतज्ञ वजीर अली खाँ ने 'वीणा-वादन' में ख्याल पद्धति का प्रयोग करके किस संगीत घराना को जन्म दिया?
(A) आगरा घराना (B) बनारस घराना
(C) रामपुर घराना (D) सैनिया घराना

585. निम्नलिखित में से कौन सी नृत्य शैली उत्तर प्रदेश की प्रमुख देन है?
(A) कथक शैली (B) यक्षगान शैली
(C) मोहिनीअट्टम शैली (D) कुचीपुड़ी शैली

586. निम्नलिखित में से किसने कथक की अवधारणा में 'ठुमरी' का प्रयोग किया?
(A) अच्छन महाराज ने (B) लच्छू महाराज ने
(C) शंभु महाराज ने (D) महाराज बिंदादीन ने

587. निम्नलिखित में से कौन उत्तर प्रदेश में प्रचलित लोकगीत हैं?
(A) चैती, बिरहा, आल्हा (B) कजरी, रसिया
(C) पूरनभगत, भर्तृहरि (D) उपर्युक्त सभी

588. निम्नलिखित में से कौन उत्तर प्रदेश में प्रचलित संस्कार गीत नहीं है?
(A) सोहर (B) कजरी
(C) यज्ञोपवीत-गीत (D) विवाह-गीत

उत्तर के लिए कृपया पृष्ठ सं. 159 देखें।

589. निम्नलिखित में से कौन उत्तर प्रदेश में गाया जानेवाला ऋतु गीत है?
(A) कजरी (B) चैती
(C) होली (D) उपर्युक्त सभी

590. निम्नलिखित में से कौन ब्रज का प्रमुख पारंपरिक नृत्य है?
(A) छपेली (B) चरकुला
(C) ख्याल (D) शैरा

591. उत्तर प्रदेश में ढोला नृत्य कहाँ प्रचलित है?
(A) गोरखपुर, बस्ती (B) इलाहाबाद, वाराणसी
(C) आगरा, मेरठ (D) लखनऊ, बहराइच

592. निम्नलिखित में से कौन सा बुंदेलखंड में प्रचलित लोक-नृत्य है?
(A) देवी (B) नटवरी
(C) कलाबाजी (D) चरकुला

593. उत्तर प्रदेश में निम्नलिखित में से कौन सा लोक-नृत्य सर्वाधिक प्रचलित है?
(A) छोलिया (B) करमा
(C) नौटंकी (D) जोगिनी

594. अवध क्षेत्र में रामनवमी पर्व के अवसर पर निम्नलिखित में से किस नृत्य का आयोजन किया जाता है?
(A) कार्तिक (B) जोगिनी
(C) शैरा (D) छपेली

595. निम्नलिखित में से कौन मिर्जापुर जनपद में निवास करनेवाली जनजातियों की नृत्य शैली है?
(A) करमा (B) शीला
(C) उपर्युक्त दोनों (D) इनमें से कोई नहीं

596. उत्तर प्रदेश में गुजरात के 'डाँडिया नृत्य' की भाँति किस नृत्य का आयोजन होता है?
(A) छोलिया (B) धोबिया
(C) कार्तिक (D) पाई डंडा

597. निम्नलिखित में से कौन कहरों द्वारा अवसरों पर किया जाने वाला नृत्य है?
(A) धविर (B) राई

उत्तर के लिए कृपया पृष्ठ सं. 159-160 देखें।

(C) कलाबाजी (D) छपेली

598. घरकरही नृत्य निम्नलिखित में से किस जनपद में प्रचलित है?

(A) वाराणसी में (B) मिर्जापुर में

(C) बाराबंकी में (D) मुजफ्फरनगर में

599. निम्नलिखित में से कौन सा नृत्य बुंदेलखंड में कृषकों द्वारा फसल काटने के दौरान किया जाता है?

(A) छपेली (B) शैरा

(C) घुरिया (D) राई

600. उत्तर प्रदेश का निम्नलिखित में से कौन सा नृत्य एक हाथ में रुमाल तथा दूसरे हाथ में दर्पण लेकर किया जाता है?

(A) छपेली (B) कार्तिक

(C) धोबिया (D) राई

☐

उत्तर के लिए कृपया पृष्ठ सं. 160 देखें।

13

संग्रहालय एवं स्थानों के चर्चित उपनाम

601. उत्तर प्रदेश का सबसे प्राचीन संग्रहालय कौन सा है?
   (A) राजकीय संग्रहालय, लखनऊ
   (B) राजकीय संग्रहालय, झाँसी
   (C) रामकथा संग्रहालय, अयोध्या
   (D) राजकीय बौद्ध संग्रहालय, कुशीनगर

602. राजकीय संग्रहालय, लखनऊ की स्थापना निम्नलिखित में से किस वर्ष हुई थी?
   (A) 1850 में (B) 1853 में
   (C) 1856 में (D) 1860 में

603. मोतीलाल नेहरू बाल संग्रहालय, लखनऊ की स्थापना किस वर्ष हुई थी?
   (A) 1902 में (B) 1925 में
   (C) 1942 में (D) 1957 में

604. बौद्ध संग्रहालय निम्नलिखित में से कहाँ स्थापित है?
   (A) कुशीनगर में (B) इलाहाबाद में
   (C) लखनऊ में (D) आगरा में

605. सारनाथ संग्रहालय की स्थापना निम्नलिखित में से किस वर्ष हुई थी?
   (A) 1893 में (B) 1898 में
   (C) 1904 में (D) 1909 में

उत्तर के लिए कृपया पृष्ठ सं. 160 देखें।

606. मथुरा संग्रहालय की स्थापना किस वर्ष हुई थी?
(A) 1855 में (B) 1874 में
(C) 1892 में (D) 1899 में

607. मथुरा संग्रहालय को सरकार ने किस वर्ष अपने अधिकार में ले लिया?
(A) 1898 में (B) 1902 में
(C) 1912 में (D) 1916 में

608. इलाहाबाद संग्रहालय की स्थापना किस वर्ष हुई थी?
(A) 1928 में (B) 1931 में
(C) 1935 में (D) 1940 में

609. इलाहाबाद संग्रहालय में किससे संबंधित वस्तुएँ संगृहीत हैं?
(A) पुरातत्त्व (B) कला
(C) हस्तशिल्प (D) उपर्युक्त सभी

610. बुंदेलखंड छत्रसाल संग्रहालय कहाँ स्थापित है?
(A) बाँदा (B) चित्रकूट
(C) महोबा (D) हमीरपुर

611. भारत कला भवन कहाँ स्थापित है?
(A) गोरखपुर (B) वाराणसी
(C) गाजियाबाद (D) बरेली

612. प्रांतीय हाइजीन इंस्टीट्यूट कहाँ स्थापित है?
(A) लखनऊ (B) इलाहाबाद
(C) वाराणसी (D) मेरठ

613. उत्तर प्रदेश में लगभग कितने संग्रहालय है?
(A) 35 (B) 50
(C) 70 (D) 80

614. निम्नलिखित में से कौन सा संग्रहालय कुषाणकालीन कला से संबंधित है?
(A) इलाहाबाद संग्रहालय (B) राजकीय संग्रहालय, झाँसी
(C) मथुरा का संग्रहालय (D) बुंदेलखंड छत्रसाल संग्रहालय

615. राजकीय संग्रहालय, झाँसी की स्थापना किस वर्ष हुई थी?
(A) 1975-76 में (B) 1977-78 में

उत्तर के लिए कृपया पृष्ठ सं. 160 देखें।

(C) 1980-81 में (D) 1983-84 में

616. पांचाल इतिहास परिषद् संग्रहालय कहाँ स्थित है?
(A) सीतापुर में (B) बाराबंकी में
(C) बरेली में (D) आजमगढ़ में

617. जनपदीय संग्रहालय, सुल्तानपुर की स्थापना कब हुई थी?
(A) वर्ष 1984-85 में (B) वर्ष 1988-89 में
(C) वर्ष 1990-91 में (D) वर्ष 1992-93 में

618. मलिक मुहम्मद जायसी द्वारा लिखे गए ग्रंथ 'पद्मावत' की देवनागरी लिपि में रचित प्राचीनतम पोथी निम्नलिखित में से किस संग्रहालय में सुरक्षित है?
(A) सारनाथ संग्रहालय (B) मथुरा संग्रहालय
(C) इलाहाबाद संग्रहालय (D) लखनऊ संग्रहालय

619. अयोध्या में स्थापित रामकथा संग्रहालय की स्थापना किस वर्ष हुई थी?
(A) 1982 में (B) 1988 में
(C) 1990 में (D) 1992 में

620. राजकीय पुरातत्त्व संग्रहालय कहाँ स्थापित है?
(A) आगरा में (B) मथुरा में
(C) कन्नौज में (D) इलाहाबाद में

621. राजकीय पुरातत्त्व संग्रहालय की स्थापना कब हुई थी?
(A) वर्ष 1972 में (B) वर्ष 1974 में
(C) वर्ष 1976 में (D) वर्ष 1978 में

622. डॉ. भीमराव अंबेडकर संग्रहालय एवं पुस्तकालय कहाँ स्थापित है?
(A) मुरादाबाद में (B) बरेली में
(C) रामपुर में (D) अलीगढ़ में

623. निम्नलिखित में से किस संस्थान में वैज्ञानिक शोध कार्यों से संबंधित वस्तुओं का प्रदर्शन किया जाता है?
(A) भारत कला भवन, वाराणसी
(B) राहुल सांकृत्यायन संस्थान, गोरखपुर
(C) प्रांतीय हाइजीन इंस्टीट्यूट, लखनऊ

उत्तर के लिए कृपया पृष्ठ सं. 160 देखें।

(D) पांचाल इतिहास परिषद् संग्रहालय, बरेली

624. राजकीय स्वतंत्रता संग्राम सेनानी संग्रहालय कहाँ स्थापित है ?

(A) कानपुर (B) मेरठ
(C) झाँसी (D) आगरा

625. राजकीय बौद्ध संग्रहालय कहाँ स्थापित है ?

(A) गोरखपुर में (B) वाराणसी में
(C) इलाहाबाद में (D) लखनऊ में

626. राहुल सांकृत्यायन संस्थान कहाँ स्थापित है ?

(A) लखनऊ में (B) वाराणसी में
(C) गोरखपुर में (D) इलाहाबाद में

627. लोक कला संग्रहालय, कला परिवार कैसरबाग (लखनऊ) की स्थापना कब हुई थी ?

(A) वर्ष 1880 में (B) वर्ष 1889 में
(C) वर्ष 1892 में (D) वर्ष 1896 में

628. राहुल सांस्कृत्यायन संस्थान में निम्नलिखित में से किस दुर्लभ वस्तु का संग्रह है ?

(A) सिक्के (B) मुहरें
(C) मृदापात्र (D) उपर्युक्त सभी

629. 'घाटों का नगर' कहा जाता है—

(A) इलाहाबाद को (B) वाराणसी को
(C) लखनऊ को (D) कानपुर को

630. निम्नलिखित में से किस नगर को 'छोटा दिल्ली' कहते हैं ?

(A) मेरठ को (B) आगरा को
(C) गाजियाबाद को (D) मुरादाबाद को

631. निम्नलिखित में से कौन 'आमों का नगर' के नाम से विख्यात है ?

(A) कानपुर (B) मलीहाबाद
(C) रामपुर (D) मुरादाबाद

632. निम्नलिखित में से किसे 'इत्र नगर' के नाम से जाना जाता है ?

(A) कानपुर को (B) बरेली को

उत्तर के लिए कृपया पृष्ठ सं. 160 देखें।

(C) कन्नौज को (D) सीतापुर को

633. निम्नलिखित में से किसे 'नाथ नगर' के नाम से जाना जाता है?
(A) मथुरा को (B) आगरा को
(C) वाराणसी को (D) गोरखपुर को

634. निम्नलिखित में से किसे 'काशी की बहन' कहा जाता है?
(A) बलिया को (B) गाजीपुर को
(C) मऊ को (D) सोनभद्र को

635. इलाहाबाद को निम्नलिखित में से किस नाम से जाना जाता है?
(A) संगम नगरी (B) तीर्थराज
(C) कुंभ नगरी (D) उपर्युक्त सभी

636. निम्नलिखित में से किसे 'चाकुओं का नगर' कहा जाता है?
(A) मेरठ को (B) बरेली को
(C) रामपुर को (D) मुरादाबाद को

637. 'शिराज-ए-हिंद' के नाम से किसे जाना जाता है?
(A) मेरठ को (B) लखनऊ को
(C) जौनपुर को (D) सुल्तानपुर को

638. निम्नलिखित में से किसे 'पेठा नगरी' के नाम से जाना जाता है?
(A) जौनपुर को (B) आगरा को
(C) वाराणसी को (D) इलाहाबाद को

639. निम्नलिखित में से किसे 'सुहाग नगरी' कहा जाता है?
(A) इटावा को (B) अलीगढ़ को
(C) फिरोजाबाद को (D) फर्रुखाबाद को

640. निम्नलिखित में से किसे 'ताला नगरी' के नाम से जाना जाता है?
(A) गाजीपुर को (B) अलीगढ़ को
(C) मुरादाबाद को (D) जौनपुर को

641. निम्नलिखित में से किसे 'पीतल नगरी' कहाँ जाता है?
(A) बरेली को (B) मुरादाबाद को
(C) मेरठ को
(D) कानपुर को

उत्तर के लिए कृपया पृष्ठ सं. 160 देखें।

642. निम्नलिखित में से किसे 'पंडों के नगर' के नाम से भी जाना जाता है?
(A) वाराणसी को (B) इलाहाबाद को
(C) कानपुर को (D) बलिया को

643. निम्नलिखित में से किसे 'चर्म नगर' के नाम से जाना जाता है?
(A) मेरठ को (B) अलीगढ़ को
(C) आगरा को (D) कानपुर को

644. निम्नलिखित में से किसे 'बाँस बरेली' के नाम से जाना जाता है?
(A) बरेली को (B) रायबरेली को
(C) सीतापुर को (D) शाहजहाँपुर को

645. निम्नलिखित में से किस नगर को 'भारत का मैनचेस्टर' कहा जाता है?
(A) वाराणसी को (B) मेरठ को
(C) कानपुर को (D) आगरा को

646. लखनऊ को निम्नलिखित में से किस उपनाम से नहीं जाना जाता है?
(A) बागों का शहर (B) नवाबों का शहर
(C) घाटों का शहर (D) नजाकत-नफासत का शहर

647. निम्नलिखित में से किसे 'सुरमा नगरी' के नाम से जाता है?
(A) सीतापुर को (B) बरेली को
(C) मेरठ को (D) लखनऊ को

648. निम्नलिखित में से किस नगर को 'क्रांति नगर' के नाम से जाता है?
(A) गाजियाबाद को (B) आगरा को
(C) मेरठ को (D) लखनऊ को

649. लखनऊ के अलावा और किसे 'नवाबों के शहर' नाम से जाता है?
(A) कानपुर को (B) इलाहाबाद को
(C) बरेली को (D) रामपुर को

650. कानपुर के अलावा और किसे 'उद्योग नगरी' के नाम जाना जाता है?
(A) आगरा को (B) मेरठ को
(C) गाजियाबाद को (D) सहारनपुर को

□

उत्तर के लिए कृपया पृष्ठ सं. 160 देखें।

14

महत्त्वपूर्ण स्थल एवं मेले

651. निम्नलिखित में से किस मुगल सम्राट् ने आगरा में ताजमहल का निर्माण कराया था?

(A) हुमायूँ ने (B) अकबर ने
(C) शाहजहाँ ने (D) जहाँगीर ने

652. निम्नलिखित में से कौन सा कथन असत्य है?

(A) शाहजहाँ ने अपनी बेगम मुमताज महल की याद में ताजमहल का निर्माण कराया था
(B) ताजमहल का निर्माण पर्शियन वास्तुविद् उस्ताद ईशा के निर्देशन में किया गया था
(C) 20 हजार कारीगरों तथा मजदूरों ने सत्रह वर्षों में ताजमहल का निर्माण किया था
(D) ताजमहल गंगा नदी के किनारे स्थित है

653. निम्नलिखित में से किस स्थान पर संत शेख सलीम चिश्ती का मकबरा स्थित है?

(A) आगरा में (B) इलाहाबाद में
(C) फतेहपुर सीकरी में (D) मेरठ में

654. निम्नलिखित में से कौन सा कथन इलाहाबाद के संबंध में असत्य है?

(A) इलाहाबाद विश्व के प्राचीन नगरों में एक है
(B) प्राचीनकाल में इलाहाबाद को प्रयाग कहा जाता था
(C) इलाहाबाद की गणना प्रमुख आर्थिक नगरों में की जाती है
(D) मुगल सम्राट् अकबर ने इसका नाम इलाहाबाद रखा

उत्तर के लिए कृपया पृष्ठ सं. 160-161 देखें।

655. इलाहाबाद में इनमें से क्या नहीं है?
(A) बीरबल का महल (B) अकबर का किला
(C) खुसरो का मकबरा (D) आनंद भवन

656. निम्नलिखित में से कौन सा कथन असत्य है?
(A) महाभारत के अनुसार काशी की स्थापना दिवोदास नामक राजा ने की थी
(B) काशी महाजनपद के नाम से छठी शताब्दी ई.पू. में जाना जाता था
(C) काशी का सर्वप्रथम उल्लेख अथर्ववेद में प्राप्त होता है
(D) काशी गंगा तथा यमुना नदियों के तट पर स्थित है

657. बनारस निम्नलिखित में से किसके लिए प्रसिद्ध है?
(A) विश्वनाथ मंदिर (B) तुलसी मानस मंदिर
(C) संकट मोचन (D) उपर्युक्त सभी

658. निम्नलिखित में से किसके द्वारा निर्मित स्थापत्य के अवशेष महोबा की ऐतिहासिकता को प्रकट करते हैं?
(A) चंदेलों द्वारा (B) मुगलों द्वारा
(C) यवनों द्वारा (D) कुषाणों द्वारा

659. निम्नलिखित में से किसका संबंध बदायूँ से है?
(A) सूफी संत शेख निजामुद्दीन औलिया का
(B) अकबरकालीन प्रमुख इतिहासकार अब्दुल कादिर का
(C) उपर्युक्त दोनों का
(D) इनमें से कोई नहीं

660. झाँसी की स्थापना ओरछा शासक बीर सिंह बुंदेला ने कब की थी?
(A) 1613 ई. में (B) 1626 ई. में
(C) 1652 ई. में (D) 1674 ई. में

661. निम्नलिखित में से किस स्थान पर दशावतार मंदिर स्थित है?
(A) चंदावर (B) कोइल
(C) देवगढ़ (D) संकिसा

662. निम्नलिखित में से कौन सा कथन असत्य है?
(A) सारनाथ बौद्ध धर्म एवं मौर्यकला से संबद्ध स्थल है

उत्तर के लिए कृपया पृष्ठ सं. 161 देखें।

(B) महात्मा बुद्ध का धर्मचक्र प्रवर्तन सारनाथ में हुआ था
(C) गहड़वाल रानी कुमार देवी ने सारनाथ में तालाब बनवाया था
(D) फाहियान ने सारनाथ की भी यात्रा की थी

663. मध्य पाषाण युग से संबद्ध सरायनाहर राय निम्नलिखित में से किस जिले में स्थित है?
(A) इलाहाबाद में (B) मेरठ में
(C) प्रतापगढ़ में (D) मथुरा में

664. निम्नलिखित में से कौन सा कथन असत्य है?
(A) हस्तिनापुर सहारनपुर जिले में स्थित है
(B) हस्तिनापुर से मृदभाँड़ संस्कृतियों सहित मौर्योत्तर युग तक के प्रमाण मिले हैं
(C) महाभारत युग में हस्तिनापुर कौरवों की राजधानी थी
(D) हस्तिनापुर की स्थापना हस्तिन नामक शासक ने की थी

665. एशिया का सबसे बड़ा हॉल, जिसे बड़ा इमामबाड़ा के नाम से जाना जाता है और जिसमें लोहा, लकड़ी या पत्थर किसी भी संधि का सहारा नहीं है, यह स्थापित है—
(A) लखनऊ में (B) झाँसी में
(C) मेरठ में
(D) इलाहाबाद में

666. निम्नलिखित में से किस स्थान पर गैरिक मृदभाँड़ संस्कृति से लेकर गुप्त काल तक के अवशेष मिले हैं?
(A) आलमगीर (B) अतरंजीखेड़ा
(C) आगरा (D) अहिच्छत्र

667. नगर तथा निर्माण सामग्री के लिए प्रसिद्ध स्थान के संबंध में निम्नलिखित में से कौन सा युग्म सुमेलित नहीं है?
(A) अलीगढ़—ताले, कैंचियाँ, सरौते तथा छुरियाँ
(B) मुरादाबाद—कलई किए गए पीतल के बरतन
(C) वाराणसी—रेशमी कपड़े, जरी का काम तथा खिलौने
(D) फर्रुखाबाद—काँच की चूड़ियाँ, काँच की सजावट सामग्री

उत्तर के लिए कृपया पृष्ठ सं. 161 देखें।

668. संत कबीर का महाप्रयाण स्थल मगहर निम्नलिखित में से किस जनपद में स्थित है?

(A) वाराणसी (B) इलाहाबाद

(C) गोरखपुर (D) कुशीनगर

669. नैमिषारण्य में किस महर्षि ने अपनी अस्थियाँ देवताओं को राक्षसों के विनाश के लिए दी थीं?

(A) वाल्मीकि ने (B) दधीचि ने

(C) वशिष्ठ ने (D) शुक्राचार्य ने

670. देवी पाटेश्वरी का मंदिर स्थल देवीपाटन निम्नलिखित में से किस जनपद में स्थित है?

(A) बाराबंकी (B) बहराइच

(C) गोंडा (D) कानपुर

671. श्रीकृष्ण की उपासिका राधा का जन्म-स्थान बरसाना निम्नलिखित में से किस जनपद में स्थित है?

(A) मथुरा (B) आगरा

(C) मेरठ (D) गाजियाबाद

672. निम्नलिखित में से किस नगर की स्थापना फिरोजशाह तुगलक ने की तथा वह शर्की राजाओं की राजधानी रहा?

(A) वाराणसी (B) आजमगढ़

(C) जौनपुर (D) सुल्तानपुर

673. तुलसीदास की जन्मभूमि राजापुर किस जनपद में स्थित है?

(A) फैजाबाद (B) हमीरपुर

(C) बाँदा

(D) झाँसी

674. निम्नलिखित में से कौन सा कथन असत्य है?

(A) लखनऊ का प्राचीन नाम लक्ष्मणपुर था

(B) लखनऊ को उसकी पहचान वैदिक काल में मिली

(C) लखनऊ को 'बागों का शहर' भी कहा जाता है

(D) लखनऊ का चारबाग रेलवे स्टेशन भी उल्लेखनीय है

उत्तर के लिए कृपया पृष्ठ सं. 161 देखें।

675. बिठूर के संबंध में निम्नलिखित में से कौन सा कथन असत्य है??
   (A) प्राचीनकाल में इसे ब्रह्मवर्त तीर्थ के नाम से जाना जाता था
   (B) 'रामायण' के रचयिता महर्षि वाल्मीकि का आश्रम यहाँ स्थित था
   (C) सावन के महीने में यहाँ मेले का आयोजन होता है
   (D) उपर्युक्त सभी

676. इनमें से कौन सा उत्तरी भारत का सबसे बड़ा औद्योगिक केंद्र है?
   (A) मेरठ (B) गोरखपुर
   (C) कानपुर (D) इलाहाबाद

677. बौद्ध मतावलंबियों के अनुसार भगवान् बुद्ध देवलोक से पृथ्वी पर कहाँ अवतरित हुए थे?
   (A) संकिसा में (B) सारनाथ में
   (C) कपिलवस्तु में (D) कुशीनगर में

678. निम्नलिखित में से कौन सा स्थान बौद्ध तथा जैन दोनों धर्मों की तीर्थस्थली है?
   (A) कौशांबी (B) कंपिल
   (C) संकिसा (D) श्रावस्ती

679. निम्नलिखित में से कहाँ गुप्तकाल के शिलालेख प्राप्त हुए हैं?
   (A) गढ़वा (B) खजुहा
   (C) चुनार (D) कड़ा

680. निम्नलिखित में से किससे कुशीनगर के बारे में विस्तृत जानकारी प्राप्त होती है?
   (A) अशोक के आठवें वृहद् शिलालेख से
   (B) फाहियान तथा ह्वेनसांग के यात्रा विवरणों से
   (C) कनिष्क के सिक्कों से
   (D) उपर्युक्त सभी

681. निम्नलिखित में से कौन सा कथन असत्य है?
   (A) महाजनपदकाल में अयोध्या कौशल जनपद की प्रमुख नगरी थी
   (B) बौद्ध परंपरा के अनुसार अशोक ने अयोध्या में एक स्तूप का निर्माण कराया था

उत्तर के लिए कृपया पृष्ठ सं. 161 देखें।

(C) फाहियान ने अयोध्या में अनेक बौद्ध मंदिरों का उल्लेख किया है
(D) जैन ग्रंथों के अनुसार आदिनाथ सहित पाँच तीर्थंकरों की जन्मस्थली अयोध्या ही है

682. संत मलूकदास की जन्मस्थली निम्नलिखित में से कहाँ है?

(A) गढ़वा (B) कड़ा
(C) कन्नौज (D) काशी

683. निम्नलिखित में से कौन सा नगर हर्ष और उसके बाद प्रतिहारों की राजधानी रहा?

(A) कालपी (B) मेरठ
(C) कन्नौज (D) मिर्जापुर

684. जैनियों का प्रमुख तीर्थस्थल कंपिल निम्नलिखित में से किस जनपद में स्थित है?

(A) फैजाबाद (B) फर्रुखाबाद
(C) इलाहाबाद (D) गोरखपुर

685. पौराणिक मान्यता के अनुसार भर्तृहरि ने सिंहासन छोड़कर निम्नलिखित में से किस स्थान पर तप किया था?

(A) प्रयाग (B) मथुरा
(C) चुनार (D) बिठूर

686. निम्नलिखित में से किसका संबंध गुप्तकालीन मंदिर निर्माण शैली से है?

(A) हस्तिनापुर (B) संकिसा
(C) भीतरगाँव (D) संभल

687. निम्नलिखित में से किस स्थान के संबंध में यह पौराणिक मान्यता है कि सृष्टि के आदि में सर्वप्रथम पृथ्वी का अविर्भाव यहीं हुआ था और वहाँ वराह भगवान् का विशाल मंदिर भी है?

(A) सोरों (एटा) (B) काशी (वाराणसी)
(C) कालपी (जालौन) (D) विंध्याचल (मिर्जापुर)

688. निम्नलिखित में से किस स्थान पर विंध्यवासिनी देवी का मंदिर है और वहाँ प्रतिवर्ष नवरात्र में मेला लगता है?

(A) राजापुर (B) विंध्याचल

उत्तर के लिए कृपया पृष्ठ सं. 161 देखें।

(C) श्रावस्ती (D) नैमिषारण्य

689. निम्नलिखित में से किस स्थान के बारे में यह मान्यता है कि वनवास के दौरान भगवान् श्रीराम ने यहाँ रात्रि विश्राम किया था और निषादराज गुहा से गंगाजल द्वारा पैर धुलवाना स्वीकार किया था?

(A) नैमिषारण्य (B) नंदगाँव

(C) शृंगवेरपुर (D) देवगढ़

690. इनमें वह कौन सा स्थान है, जहाँ बाबा नंद और माँ यशोदा का घर था और वहाँ भगवान् श्रीकृष्ण का बाल्यकाल बीता?

(A) मथुरा (B) राधागाँव

(C) नंदगाँव (D) बरसाना

691. निम्नलिखित में से किस स्थान के संबंध में यह मान्यता है कि वहाँ के व्यास टीले पर महर्षि व्यास का आश्रम था और वहाँ नरसिंह टीले पर भगवान नरसिंह ने अवतार लिया था?

(A) राजापुर (B) देवगढ़

(C) कालपी (D) बँगरमऊ

692. निम्नलिखित में से कौन सा कथन गढ़मुक्तेश्वर (गाजियाबाद) के संबंध में सत्य है?

(A) यह गंगा नदी के तट पर बसा है

(B) कार्तिक पूर्णिमा को यहाँ मेला लगता है

(C) यहाँ मुक्तेश्वर शिव मंदिर तथा प्राचीन शिवलिंग झारखंडेश्वर मंदिर स्थापित हैं

(D) उपर्युक्त सभी

693. निम्नलिखित में से किस स्थान पर प्रति बारह वर्ष बाद कुंभ का मेला लगता है?

(A) प्रयाग (B) काशी

(C) कानपुर (D) गढ़मुक्तेश्वर

694. मेला और स्थान के संबंध में निम्नलिखित में से कौन सा युग्म सुमेलित नहीं है?

(A) मकनपुर मेला—फर्रुखाबाद

उत्तर के लिए कृपया पृष्ठ सं. 161 देखें।

(B) गोला गोकर्णनाथ मेला—खीरी
(C) श्रावणी एवं जन्माष्टमी मेला—मथुरा
(D) नैमिषारण्य मेला—बाराबंकी

695. प्रतिवर्ष होली के अवसर पर लठामार होली का आयोजन होता है—
(A) नंदगाँव में (B) बरसाना में
(C) मथुरा में (D) इनमें से कोई नहीं

696. निम्नलिखित में से किस स्थान पर बल सुंदरी मेले का आयोजन होता है?
(A) अनूपशहर में (B) बदायूँ में
(C) कालपी में (D) बहराइच में

697. सहारनपुर जनपद में स्थित शाकभरी देवी मंदिर में किस समय मेले का आयोजन होता है?
(A) नवरात्र में (B) दीपावली में
(C) श्रावणी पूर्णिमा में (D) श्रीकृष्ण जन्माष्टमी में

698. मेला और स्थान के संबंध में निम्नलिखित में से कौन सा युग्म सुमेलित नहीं है?
(A) देवीपाटन मेला—गोंडा (B) कैलाश मेला—आगरा
(C) सैयद शालार मेला—बहराइच (D) कंपिल मेला—झाँसी

699. निम्नलिखित में से किस स्थान पर प्रतिवर्ष नौचंदी मेला लगता है?
(A) मेरठ (B) सहारनपुर
(C) मुजफ्फरनगर (D) गाजियाबाद

700. मेला और स्थान के संबंध में निम्नलिखित में से कौन सा युग्म सुमेलित नहीं है?
(A) नैमिषारण्य मेला—सीतापुर
(B) बटेश्वर मेला—कानपुर
(C) श्रावणी तथा जन्माष्टमी मेला—मथुरा
(D) ढाईघाट मेला—शाहजहाँपुर

☐

उत्तर के लिए कृपया पृष्ठ सं. 161-162 देखें।

15

यातायात एवं संचार

701. उत्तर प्रदेश के लखनऊ-बाराबंकी मार्ग पर राष्ट्रीयकृत परिवहन उत्तर प्रदेश गवर्नमेंट रोडवेज द्वारा सर्वप्रथम बस संचालन कब प्रारंभ किया गया?

(A) 15 मई, 1947 को (B) 18 अगस्त, 1948 को
(C) 24 नवंबर, 1949 को (D) 13 मार्च, 1951 को

702. उत्तर प्रदेश शासन ने सड़क परिवहन निगम अधिनियम, 1950 के अंतर्गत उत्तर प्रदेश राजकीय रोडवेज को कब उत्तर प्रदेश राज्य सड़क परिवहन निगम के नाम से गठित किया?

(A) 15 अक्तूबर, 1971 को (B) 1 जून, 1972 को
(C) 13 मार्च, 1973 को (D) 24 अगस्त, 1975 को

703. उत्तर प्रदेश सड़क परिवहन निगम अधिनियम, 1950 की किस धारा में निगम के कर्तव्यों का उल्लेख किया गया है?

(A) धारा-16 में (B) धारा-18 में
(C) धारा-20 में (D) धारा-22 में

704. वर्तमान में उत्तर प्रदेश राज्य सड़क परिवहन निगम लगभग कितने कि.मी. मार्ग पर अपनी सेवाएँ प्रदान कर रहा है?

(A) 2,63,000 कि.मी. (B) 2,98,981 कि.मी.
(C) 3,16,472 कि.मी. (D) 4,85,771 कि.मी.

705. वर्तमान में उत्तर प्रदेश में कुल पक्की सड़कों की लंबाई लगभग कितनी है?

(A) 84 हजार कि.मी. (B) 96 हजार कि.मी.

उत्तर के लिए कृपया पृष्ठ सं. 162 देखें।

(C) 104 हजार कि.मी. (D) 109 हजार कि.मी.

706. लोक निर्माण विभाग द्वारा निर्मित पक्की सड़कों की कुल लंबाई कितनी है?
(A) 88 हजार कि.मी. (B) 91 हजार कि.मी.
(C) 95 हजार कि.मी. (D) 99 हजार कि.मी.

707. उत्तर प्रदेश में प्रांतीय राजमार्गों की लंबाई कितनी है?
(A) 9,022 कि.मी. (B) 8,751 कि.मी.
(C) 8,974 कि.मी. (D) 7,532 कि.मी.

708. उत्तर प्रदेश में अन्य जिला सड़कों की लंबाई कितनी है?
(A) 65,481 कि.मी. (B) 72,389 कि.मी.
(C) 78,922 कि.मी. (D) 97,471 कि.मी.

709. उत्तर प्रदेश में ग्रामीण सड़कों की लंबाई कितनी है?
(A) 92,318 कि.मी. (B) 84,981 कि.मी.
(C) 79,516 कि.मी. (D) 72,931 कि.मी.

710. उत्तर प्रदेश राज्य सड़क परिवहन निगम को कितने क्षेत्रीय भागों में बाँटा गया है?
(A) 2 (B) 4
(C) 6 (D) 8

711. उत्तर प्रदेश में कितने नगरों में महानगर बस सेवा का संचालन होता है?
(A) 3 (B) 6
(C) 9 (D) 12

712. निम्नलिखित में से किन नगरों में महानगर बस सेवा का संचालन नहीं होता?
(A) लखनऊ, इलाहाबाद, वाराणसी
(B) गोरखपुर, आगरा, बरेली
(C) मेरठ, मुरादाबाद, गाजियाबाद
(D) कुशीनगर, देवरिया, महाराजगंज

713. निम्नलिखित में से कौन सा राष्ट्रीय राजमार्ग उत्तर प्रदेश से होकर नहीं गुजरता?
(A) राष्ट्रीय राजमार्ग-2 (B) राष्ट्रीय राजमार्ग-3

उत्तर के लिए कृपया पृष्ठ सं. 162 देखें।

(C) राष्ट्रीय राजमार्ग-5 (D) राष्ट्रीय राजमार्ग-12

714. इनमें से कौन सा राष्ट्रीय राजमार्ग दिल्ली-मथुरा-आगरा-कानपुर-इलाहाबाद-वाराणसी और कोलकाता के मध्य विस्तृत है?

(A) राष्ट्रीय राजमार्ग-2 (B) राष्ट्रीय राजमार्ग-4
(C) राष्ट्रीय राजमार्ग-24 (D) राष्ट्रीय राजमार्ग-26

715. उत्तर प्रदेश से होकर कितने राष्ट्रीय राजमार्ग गुजरते हैं?

(A) 14 (B) 19
(C) 25 (D) 32

716. गोरखपुर, गाजीपुर और वाराणसी के मध्य कौन सा राष्ट्रीय राजमार्ग गुजरता है?

(A) राष्ट्रीय राजमार्ग-29 (B) राष्ट्रीय राजमार्ग-25
(C) राष्ट्रीय राजमार्ग-17 (D) राष्ट्रीय राजमार्ग-32

717. राष्ट्रीय राजमार्ग संख्या-91 निम्नलिखित में से किन नगरों से होकर गुजरता है?

(A) गाजियाबाद-कानपुर (B) मेरठ-मुजफ्फरनगर
(C) गोरखपुर-वाराणसी (D) आगरा-लखनऊ

718. उत्तर प्रदेश के विभिन्न नगरों से होकर गुजरनेवाले राष्ट्रीय राजमार्ग तथा उनकी संख्या के संबंध में निम्नलिखित में से कौन सा युग्म सुमेलित नहीं है?

(A) आगरा, मुरादाबाद-93 (B) लखनऊ, वाराणसी-56
(C) फैजाबाद, इलाहाबाद-96 (D) गोरखपुर, कानपुर-27

719. निम्नलिखित में से कौन सा उत्तर प्रदेश से होकर गुजरनेवाला सबसे लंबा राष्ट्रीय राजमार्ग है?

(A) राष्ट्रीय राजमार्ग-2 (B) राष्ट्रीय राजमार्ग-24
(C) राष्ट्रीय राजमार्ग-86 (D) राष्ट्रीय राजमार्ग-92

720. उत्तर प्रदेश के किस नगर में पूर्वोत्तर रेलवे का मुख्यालय स्थित है?

(A) वाराणसी (B) गोरखपुर
(C) कानपुर (D) लखनऊ

721. उत्तर प्रदेश के किस नगर में उत्तर-मध्य रेलवे का मुख्यालय स्थित है?

उत्तर के लिए कृपया पृष्ठ सं. 162 देखें।

(A) सीतापुर (B) इलाहाबाद
(C) कानपुर (D) गाजियाबाद

722. इनमें से कौन सा उत्तर-मध्य रेलवे से जुड़ा मंडल नहीं है?
(A) इलाहाबाद (B) आगरा
(C) झाँसी (D) वाराणसी

723. उत्तर प्रदेश में कुल कितने रेलवे जोन के मुख्यालय स्थित हैं?
(A) 2 (B) 3
(C) 4 (D) 5

724. उत्तर प्रदेश में रेल मार्गों की कुल लंबाई कितनी है?
(A) 8,102 कि.मी. (B) 8,926 कि.मी.
(C) 9,312 कि.मी. (D) 9,715 कि.मी.

725. गोरखपुर में पूर्वोत्तर रेलवे के मुख्यालय की स्थापना किस वर्ष हुई थी?
(A) 1952 में (B) 1956 में
(C) 1961 में (D) 1966 में

726. इलाहाबाद में स्थापित उत्तर-मध्य रेलवे मुख्यालय ने निम्नलिखित में से किस वर्ष कार्य करना प्रारंभ किया?
(A) 1999 में (B) 2001 में
(C) 2003 में (D) 2006 में

727. निम्नलिखित में से किस नगर में नागरिक उड्डयन प्रशिक्षण केंद्र स्थापित है?
(A) वाराणसी (B) लखनऊ
(C) इलाहाबाद (D) झाँसी

728. निम्नलिखित में से किस नगर में हवाई अड्डा विद्यालय स्थापित है?
(A) मेरठ (B) गाजियाबाद
(C) गोरखपुर (D) इलाहाबाद

729. डीजल लोकोमोटिव वर्क्स निम्नलिखित में से कहाँ स्थापित है?
(A) गोरखपुर में (B) वाराणसी में
(C) इलाहाबाद में (D) कानपुर में

उत्तर के लिए कृपया पृष्ठ सं. 162 देखें।

730. उत्तर प्रदेश के निम्नलिखित में से किस स्थान पर हवाई अड्डा नहीं है ?
(A) अमौसी (लखनऊ) (B) बमरौली (इलाहाबाद)
(C) बाबतपुर (वाराणसी) (D) पडरौना (कुशीनगर)

731. फुर्सतगंज हवाई अड्डा निम्नलिखित में से किस स्थान पर स्थित है ?
(A) सीतापुर (B) रायबरेली
(C) झाँसी (D) शाहजहाँपुर

732. खेरिया हवाई अड्डा निम्नलिखित में से किस स्थान पर स्थित है ?
(A) आगरा (B) मेरठ
(C) सहारनपुर (D) गोरखपुर

733. सरसावा हवाई अड्डा निम्नलिखित में से किस स्थान पर स्थित है ?
(A) बरेली (B) बाराबंकी
(C) सहारनपुर (D) आजमगढ़

734. उत्तर प्रदेश की निम्नलिखित में से किन नदियों में जल परिवहन की सुविधा उपलब्ध है ?
(A) गंगा, यमुना (B) गंगा, गोमती
(C) गंगा, घाघरा (D) उपर्युक्त सभी

735. उत्तर प्रदेश में पिन कोड की शुरुआत किस अंक से होती है ?
(A) 2 (B) 3
(C) 4 (D) 7

736. उत्तर प्रदेश में डाकघरों की संख्या कितनी है ?
(A) 15,428 (B) 17,627
(C) 18,712 (D) 19,921

737. केंद्र सरकार द्वारा उत्तर प्रदेश के लिए किस वर्ष पिन कोड निर्धारित किया गया ?
(A) 1952 में (B) 1964 में
(C) 1972 में (D) 1984 में

738. डाक लाने और पहुँचाने के अलावा डाकघर द्वारा और कौन सा कार्य संपन्न किया जाता है ?
(A) मनीऑर्डर (B) बैंकिंग

उत्तर के लिए कृपया पृष्ठ सं. 162 देखें।

(C) बीमा (D) उपर्युक्त सभी

739. स्पीड पोस्ट सेवा निम्नलिखित में से किस वर्ष प्रारंभ हुई?
(A) 1982 में (B) 1984 में
(C) 1986 में (D) 1990 में

740. वर्ष 2004 में डाक विभाग ने 55 विशेष डाक स्मारक टिकट जारी किए। इनमें शामिल थे—
(A) आगरा के किले पर दो डाक टिकट
(B) ताजमहल पर एक डाक टिकट
(C) उपर्युक्त दोनों
(D) इनमें से कोई नहीं

741. निम्नलिखित में से किस नगर में विदेशी उप डाकघर स्थापित है?
(A) नोएडा (B) महाराजगंज
(C) शाहजहाँपुर (D) गोंडा

742. निम्नलिखित में से किस नगर में पोस्टल स्टाफ कॉलेज इंडिया (पी.एस.सी.आई.) स्थापित है?
(A) मेरठ (B) गाजियाबाद
(C) लखनऊ (D) कानपुर

743. मार्च 1884 में निम्नलिखित में से किन नगरों के मध्य तार संदेश भेजे जाने के साथ तार सेवा की शुरुआत हुई?
(A) आगरा से कोलकाता (B) लखनऊ से दिल्ली
(C) कानपुर से दिल्ली (D) गाजियाबाद से दिल्ली

744. भारत संचार निगम लिमिटेड की स्थापना निम्नलिखित में से किस वर्ष की गई?
(A) 1998 में (B) 2000 में
(C) 2002 में (D) 2004 में

745. भारतीय दूरसंचार विनियामक प्राधिकरण की स्थापना निम्नलिखित में से किस वर्ष की गई?
(A) 1997 में (B) 1999 में
(C) 2001 में (D) 2003 में

उत्तर के लिए कृपया पृष्ठ सं. 162 देखें।

746. वर्तमान में उत्तर प्रदेश में कितने टेलीफोन एक्सचेंज स्थापित हैं?

(A) 2,416 (B) 2,928

(C) 3,117 (D) 3,512

747. भारत संचार निगम लिमिटेड की मोबाइल फोन सेवा की शुरुआत किन नगरों के मध्य बातचीत के साथ हुई?

(A) लखनऊ-कोलकाता (B) लखनऊ-दिल्ली

(C) लखनऊ-मेरठ (D) लखनऊ-मुंबई

748. एडवांस लेवल टेलीकम्युनिकेशन ट्रेनिंग सेंटर (ए.एल.टी.टी.सी.) निम्नलिखित में से किस नगर में स्थापित है?

(A) मेरठ (B) लखनऊ

(C) कानपुर (D) गाजियाबाद

749. ग्रामीण संचार सेवक योजना निम्नलिखित में से किस वर्ष लागू की गई?

(A) 1999 में (B) 2000 में

(C) 2002 में (D) 2003 में

750. उत्तर प्रदेश के निम्नलिखित में से किस नगर में इंडियन टेलीविजन इंडस्ट्रीज स्थापित है?

(A) नैनी (B) रायबरेली

(C) उपर्युक्त दोनों नगरों में (D) इनमें से कोई नहीं

☐

उत्तर के लिए कृपया पृष्ठ सं. 162 देखें।

16

ऊर्जा एवं पर्यावरण

751. उत्तर प्रदेश में विद्युत् उत्पादन का प्रमुख स्रोत है—
(A) कोयला (B) पेट्रोलियम
(C) प्राकृतिक गैस (D) परमाणु ऊर्जा

752. उत्तर प्रदेश के कितने गाँवों का अब तक विद्युतीकरण हो चुका है?
(A) 52,312 (B) 55,896
(C) 56,714 (D) 58,921

753. उत्तर प्रदेश में प्रति व्यक्ति विद्युत् उपभोग कितना यूनिट है?
(A) 152 यूनिट (B) 176 यूनिट
(C) 182 यूनिट (D) 197 यूनिट

754. निम्नलिखित में से कौन सा ताप विद्युत् केंद्र उत्तर प्रदेश में स्थापित नहीं है?
(A) हरदुआगंज ताप विद्युत् केंद्र (B) अनपरा ताप विद्युत् केंद्र
(C) काँटी ताप विद्युत् केंद्र (D) उपर्युक्त सभी

755. टाँडा ताप विद्युत् केंद्र निम्नलिखित में से कहाँ स्थापित है?
(A) रामगढ़ताल (गोरखपुर) (B) ऊँचाहार (रायबरेली)
(C) शामली (मुजफ्फरनगर) (D) महरौनी (ललितपुर)

756. वर्ष 1906 में निम्नलिखित में से किस स्थान पर ताप विद्युत् केंद्र की स्थापना की गई थी?
(A) इलाहाबाद (B) वाराणसी
(C) कानपुर (D) गाजियाबाद

757. परिछा ताप विद्युत् केंद्र निम्नलिखित में से किस नगर के निकट स्थापित है?
(A) मेरठ (B) आगरा

उत्तर के लिए कृपया पृष्ठ सं. 162 देखें।

(C) कानपुर (D) झाँसी

758. निम्नलिखित में से कौन सी उत्तर प्रदेश की सर्वाधिक महत्त्वपूर्ण जल विद्युत् परियोजनाओं में शामिल है?

(A) गंगा विद्युत् क्रम (B) शारदा जल विद्युत् परियोजना
(C) रिहंद परियोजना (D) उपर्युक्त सभी

759. निम्नलिखित में से कौन गंगा विद्युत् क्रम की विद्युत् परियोजना नहीं है?

(A) मुहम्मदपुर (सहारनपुर) (B) पिपरी (मिर्जापुर)
(C) सलखा (मुजफ्फरनगर) (D) पलरा (बुलंदशहर)

760. अलीगढ़ के निकट हरदुआगंज ताप विद्युत् केंद्र की स्थापना कब हुई थी?

(A) वर्ष 1942 में (B) वर्ष 1946 में
(C) वर्ष 1952 में (D) वर्ष 1955 में

761. निम्नलिखित में से किस देश की सहायता से वर्ष 1968 में हरदुआगंज में एक नवीन ताप विद्युत् केंद्र की स्थापना की गई?

(A) जर्मनी (B) ग्रेट ब्रिटेन
(C) सोवियत संघ (D) संयुक्त राज्य अमेरिका

762. शारदा जल विद्युत् परियोजना निम्नलिखित में से कहाँ स्थापित है?

(A) वनबासा (पीलीभीत) (B) अनपरा (मिर्जापुर)
(C) दोहरीघाट (आज़मगढ़) (D) मुरादनगर (गाजियाबाद)

763. निम्नलिखित में से कौन सा कथन रिहंद बाँध परियोजना के संबंध में असत्य है?

(A) यह परियोजना मिर्जापुर जिले के पिपरी नामक स्थान पर स्थापित है
(B) इस परियोजना में 50-50 हजार किलोवाट विद्युत् क्षमता वाली 6 इकाइयाँ शामिल हैं
(C) रेणुकूट में स्थापित एल्यूमिनियम संयंत्र को इसी परियोजना से विद्युत् प्राप्त होती है
(D) इस परियोजना को जर्मनी के सहयोग से पूरा किया गया है

764. रानी लक्ष्मीबाई बाँध जल विद्युत् परियोजना कहाँ स्थापित है?

(A) मिर्जापुर में (B) झाँसी में

उत्तर के लिए कृपया पृष्ठ सं. 162-163 देखें।

(C) पीलीभीत में (D) मुजफ्फरनगर में

765. ऊर्जा के प्रमुख स्रोत कोयले का उत्तर प्रदेश में कुल कितना भंडार है ?
(A) 98.9 करोड़ टन (B) 106.2 करोड़ टन
(C) 112.4 करोड़ टन (D) 119.5 करोड़ टन

766. ओबरा ताप विद्युत् केंद्र को कहाँ से कोयले की प्राप्ति होती है ?
(A) सिंगरौली से (B) झरिया से
(C) बोकारो से (D) नेयवेली से

767. ओबरा ताप विद्युत् केंद्र निम्नलिखित में से किस जनपद में स्थित है ?
(A) वाराणसी (B) सोनभद्र
(C) इलाहाबाद (D) मिर्जापुर

768. नरौरा परमाणु शक्ति परियोजना निम्नलिखित में से किस जनपद में स्थापित है ?
(A) बुलंदशहर (B) आगरा
(C) बरेली (D) मुरादाबाद

769. नरौरा परमाणु शक्ति परियोजना की संयुक्त विद्युत् उत्पादन क्षमता है—
(A) 318 मेगावाट (B) 380 मेगावाट
(C) 410 मेगावाट (D) 470 मेगावाट

770. निम्नलिखित में से कौन उत्तर प्रदेश तथा मध्य प्रदेश की संयुक्त परियोजना है ?
(A) गंडक परियोजना
(B) राजघाट बाँध परियोजना
(C) कोटेश्वर बाँध जल विद्युत् परियोजना
(D) गोविंद बल्लभ सागर परियोजना

771. उत्तर प्रदेश में वैकल्पिक ऊर्जा विकास संस्थान (नेडा) का गठन कब किया गया ?
(A) वर्ष 1980 में (B) वर्ष 1983 में
(C) वर्ष 1987 में (D) वर्ष 1992 में

772. उत्तर प्रदेश में वैकल्पिक ऊर्जा के तहत किस ऊर्जा के विकास के प्रयास किए जा रहे हैं ?
(A) सौर ऊर्जा (B) पवन ऊर्जा

उत्तर के लिए कृपया पृष्ठ सं. 163 देखें।

(C) बायो ऊर्जा (D) उपर्युक्त सभी

773. उत्तर प्रदेश में वैकल्पिक ऊर्जा शोध एवं विकास केंद्र कहाँ स्थापित है ?
(A) चिनहट (लखनऊ) (B) सारनाथ (वाराणसी)
(C) पनकी (कानपुर) (D) इज्जतनगर (बरेली)

774. निम्नलिखित में से कौन देश में विद्युत् विकास की नीतियाँ एवं कार्यक्रम बनाने तथा विद्युत् क्षेत्र में विभिन्न विकास गतिविधियों में तालमेल बनाए रखने का कार्य करता है ?
(A) राष्ट्रीय ग्रिड कॉरपोरेशन (B) केंद्रीय विद्युत् प्राधिकरण
(C) विद्युत् वित्त निगम लिमिटेड (D) उपर्युक्त सभी

775. भारत सरकार द्वारा ग्रामीण विद्युतीकरण निगम लिमिटेड (आर.ई.सी.) की स्थापना कब की गई ?
(A) वर्ष 1965 में (B) वर्ष 1969 में
(C) वर्ष 1972 में (D) वर्ष 1975 में

776. उत्तर प्रदेश में विद्युत् का उत्पादन होता है—
(A) 1,35,413 लाख कि.वा./ घंटा
(B) 1,85,312 लाख कि.वा./ घंटा
(C) 2,03,558 लाख कि.वा./ घंटा
(D) 2,28,260 लाख कि.वा./ घंटा

777. लघु जल विद्युत कार्यक्रम को प्रोत्साहन देने का शीर्ष संस्थान 'अल्टरनेट हाइड्रो एनर्जी सेंटर' निम्नलिखित में से किस विश्वविद्यालय में कार्यरत हैं ?
(A) काशी हिंदू विश्वविद्यालय, वाराणसी
(B) भारतीय तकनीकी संस्थान, कानपुर
(C) रुड़की विश्वविद्यालय, रुड़की
(D) इनमें से कोई नहीं

778. राष्ट्रीय बायो गैस विकास कार्यक्रम निम्नलिखित में से किसकी योजना है ?
(A) राज्य सरकार की (B) केंद्र सरकार की
(C) विश्व ऊर्जा संगठन की (D) इनमें से कोई नहीं

779. राष्ट्रीय उन्नत चूल्हा कार्यक्रम निम्नलिखित में से किस वर्ष प्रारंभ किया गया ?
(A) 1983-84 में (B) 1985-86 में

उत्तर के लिए कृपया पृष्ठ सं. 163 देखें।

(C) 1987–88 में (D) 1989–90 में

780. राजीव गांधी इंस्टीट्यूट ऑफ पेट्रोलियम टेक्नोलॉजी की स्थापना कहाँ की जा रही है?

(A) आगरा में (B) मेरठ में

(C) रायबरेली में (D) कानपुर में

781. उत्तर प्रदेश प्रदूषण नियंत्रण बोर्ड का गठन कब किया गया?

(A) 13 जुलाई, 1982 को (B) 16 नवंबर, 1982 को

(C) 22 मार्च, 1923 को (D) 26 अक्तूबर, 1923 को

782. उत्तर प्रदेश के निम्नलिखित में से किस नगर में पर्यावरण प्रभाव आकलन केंद्र स्थापित है?

(A) इलाहाबाद (B) लखनऊ

(C) आगरा (D) वाराणसी

783. राष्ट्रीय वनरोपण और पारिस्थितिकी विकास बोर्ड की स्थापना कब हुई थी?

(A) वर्ष 1984 में (B) वर्ष 1988 में

(C) वर्ष 1990 में (D) वर्ष 1992 में

784. सामाजिक वानिकी और पारिस्थितिकी पुनर्स्थापना संस्थान निम्नलिखित में से कहाँ स्थापित है?

(A) वाराणसी में (B) इलाहाबाद में

(C) लखनऊ में (D) आगरा में

785. मॉनीटरिंग ऑफ इंडियन नेशनल एक्वटिक रिसोर्सेज (मीनार्स) नामक परियोजना का उद्देश्य है—

(A) नदियों के जल की गुणवत्ता की जानकारी

(B) औद्योगिक कचरे के निष्पादन की देखरेख

(C) वायु प्रदूषण फैलाने वाले उद्योगों को चिह्नित करना

(D) महानगरों में प्रदूषण की स्थिति का आकलन करना

786. उत्तर प्रदेश में वनों के विकास तथा गाँवों एवं शहरों में वृक्षारोपण के अलावा रोपित वृक्षों की सुरक्षा के लिए किस योजना की शुरुआत की गई है?

(A) ऑपरेशन ग्रीन राज्य (B) समग्र वनीकरण योजना

(C) ऑपरेशन ग्रीन बेल्ट (D) विशिष्ट वनीकरण योजना

उत्तर के लिए कृपया पृष्ठ सं. 163 देखें।

787. गंगा कार्य योजना हेतु केंद्रीय गंगा प्राधिकरण की स्थापना कब की गई ?
(A) वर्ष 1980 में (B) वर्ष 1983 में
(C) वर्ष 1985 में (D) वर्ष 1988 में

788. गंगा कार्य योजना के प्रथम चरण को कब बंद किया गया ?
(A) 13 जनवरी, 1999 को (B) 31 मार्च, 2000 को
(C) 5 सितंबर, 2001 को (D) 28 नवंबर, 2001 को

789. उत्तर प्रदेश का पहला बायो टेक्नोलॉजी पार्क निम्नलिखित में से कहाँ स्थापित है ?
(A) इलाहाबाद में (B) आगरा में
(C) गाजियाबाद में (D) लखनऊ में

790. निम्नलिखित में से किस दिन पर्यावरण संरक्षण अधिनियम-1986 लागू किया गया ?
(A) 13 जून (B) 12 मार्च
(C) 19 नवंबर (D) 22 दिसंबर

791. उत्तर प्रदेश सरकार द्वारा जल प्रदूषण निवारण तथा नियंत्रण बोर्ड का गठन कब किया गया ?
(A) 3 फरवरी, 1975 को (B) 12 मार्च, 1976 को
(C) 16 जनवरी, 1978 को (D) 9 सितंबर, 1979 को

792. उत्तर प्रदेश में वन संरक्षण अधिनियम कब लागू किया गया ?
(A) वर्ष 1978 में (B) वर्ष 1980 में
(C) वर्ष 1983 में (D) वर्ष 1986 में

793. उत्तर प्रदेश में पर्यावरण के प्रति लोगों में जागरूकता लाने के लिए निम्नलिखित में से किस तरीके को अपनाया जा रहा है ?
(A) चित्र सचल प्रदर्शनी का निर्माण (B) सेमिनार का आयोजन
(C) पर्यावरण वाहिनियों का गठन (D) उपर्युक्त सभी

794. उत्तर प्रदेश में उद्योग-जनित खतरनाक प्रकृति के अपशिष्ट पदार्थों के निस्तारण के लिए स्थलों के चयन हेतु पर्यावरण निदेशालय को कब अधिकृत किया गया ?
(A) मार्च 1993 में (B) जनवरी 1994 में

उत्तर के लिए कृपया पृष्ठ सं. 163 देखें।

(C) जून 1994 में (D) नवंबर 1995 में

795. वर्ष 1993-94 सत्र से इनमें से किस विश्वविद्यालय ने 'पोस्ट ग्रेजुएट डिप्लोमा इन एन्वायरमेंट प्रोटेक्शन लॉ' कोर्स की शुरुआत की?

(A) महात्मा गांधी काशी विद्यापीठ, वाराणसी ने

(B) लखनऊ विश्वविद्यालय, लखनऊ ने

(C) गोरखपुर विश्वविद्यालय, गोरखपुर ने

(D) चौधरी चरण सिंह विश्वविद्यालय, मेरठ ने

796. निम्नलिखित में से कौन प्रदूषण की रोकथाम और नियंत्रण से संबंधित कानूनों और नियमों के कार्यान्वयन के लिए उत्तरदायी है?

(A) केंद्रीय प्रदूषण नियंत्रण बोर्ड (B) राज्य प्रदूषण नियंत्रण बोर्ड

(C) प्रदूषण नियंत्रण समितियाँ (D) उपर्युक्त सभी

797. केंद्रीय प्रदूषण नियंत्रण बोर्ड की स्थापना कब हुई थी?

(A) मार्च 1974 में (B) सितंबर 1974 में

(C) फरवरी 1975 में (D) जून 1975 में

798. उत्तर प्रदेश के सभी जिलों में 'शहरी वन' लगाने की योजना किस वर्ष प्रारंभ की गई?

(A) 23 जून, 1993 को (B) 12 दिसंबर, 1993 को

(C) 4 जनवरी, 1974 को (D) 22 मार्च, 1994 को

799. उत्तर प्रदेश में विश्व पर्यावरण दिवस कब मनाया जाता है?

(A) 3 मार्च को (B) 5 जून को

(C) 21 फरवरी को (D) 13 जुलाई को

800. दिसंबर 2004 में 'क्लीन एयर इनीशिएटिव एशिया' के साथ पर्यावरण मंत्रालय ने संयुक्त रूप से स्वच्छ वायु प्रबंधन पर निम्नलिखित में से किस शहर में सेमिनार का आयोजन किया था?

(A) लखनऊ (B) आगरा

(C) मेरठ (D) वाराणसी

☐

उत्तर के लिए कृपया पृष्ठ सं. 163 देखें।

17

साहित्य एवं पत्रकारिता

801. निम्नलिखित में से किस साहित्यकार का जन्म उत्तर प्रदेश में हुआ था?
(A) गोस्वामी तुलसीदास (B) सूरदास
(C) संत कबीर (D) उपर्युक्त सभी

802. निम्नलिखित में से कौन सी गोस्वामी तुलसीदास की रचना नहीं है?
(A) रामचरितमानस (B) यशोधरा
(C) दोहावली (D) विनयपत्रिका

803. साखी, सबद, रमैनी निम्नलिखित में से किसकी रचना हैं?
(A) गोस्वामी तुलसीदास (B) सूरदास
(C) संत रैदास (D) संत कबीर

804. प्रेमचंद का जन्म कहाँ हुआ था?
(A) लमही (B) सिराथू
(C) बाँसगाँव (D) हापुड़

805. निम्नलिखित में से कौन प्रेमचंद की रचना नहीं है?
(A) गोदान (B) गबन
(C) सेवासदन (D) प्रेमसागर

806. आचार्य महावीर प्रसाद द्विवेदी का जन्म कहाँ हुआ था?
(A) आगरा में (B) रायबरेली में
(C) सीतापुर में (D) शाहजहाँपुर में

807. जयशंकर प्रसाद का जन्म कहाँ हुआ था?
(A) वाराणसी में (B) इलाहाबाद में
(C) कानपुर में (D) बाराबंकी में

उत्तर के लिए कृपया पृष्ठ सं. 163 देखें।

808. इनमें से कौन जयशंकर प्रसाद की रचना नहीं है?
(A) कामायनी (B) मधुयामिनी
(C) कंकाल (D) ध्रुवस्वामिनी

809. निम्नलिखित में से कौन उत्तर प्रदेश का साहित्यकार नहीं है?
(A) सूर्यकांत त्रिपाठी 'निराला' (B) डॉ. हरिवंशराय बच्चन
(C) बाबू देवकीनंदन खत्री (D) यशपाल

810. निम्नलिखित में से किस साहित्यकार का जन्मकुशीनगर में हुआ था?
(A) सच्चिदानंद हीरानंद वात्स्यायन 'अज्ञेय'
(B) सूर्यकांत त्रिपाठी 'निराला'
(C) आचार्य हजारी प्रसाद द्विवेदी
(D) कन्हैयालाल मिश्र 'प्रभाकर'

811. महादेवी वर्मा का जन्म कहाँ हुआ था?
(A) बरेली में (B) आजमगढ़ में
(C) फर्रुखाबाद में (D) बहराइच में

812. निम्नलिखित में से कौन सी महादेवी वर्मा की रचना नहीं है?
(A) स्मृति की रेखाएँ (B) मेरा परिवार
(C) उर्वशी (D) यामा

813. पंडित बालकृष्ण भट्ट का जन्म कहाँ हुआ था?
(A) प्रयाग में
(B) वाराणसी में
(C) लखनऊ में
(D) आगरा में

814. मैथिलीशरण गुप्त का जन्म कहाँ हुआ था?
(A) आगरा में (B) झाँसी में
(C) इटावा में (D) वाराणसी में

815. निम्नलिखित में से कौन सी मैथिलीशरण गुप्त की रचना नहीं है?
(A) साकेत (B) यशोधरा
(C) मेरा बचपन (D) भारत-भारती

उत्तर के लिए कृपया पृष्ठ सं. 163-164 देखें।

816. बाबू श्यामसुंदर दास का जन्म कहाँ हुआ था?
(A) वाराणसी में (B) इलाहाबाद में
(C) आजमगढ़ में (D) लखनऊ में

817. हिंदी के प्रथम उपन्यासकार माने जानेवाले लाला श्रीनिवासदास का जन्म कहाँ हुआ था?
(A) लखनऊ में (B) वाराणसी में
(C) मथुरा में (D) एटा में

818. निम्नलिखित में से किस साहित्यकार का जन्म अलीगढ़ जिले के अतरौली नामक स्थान में हुआ था?
(A) बाबू गुलाबराय (B) डॉ. संपूर्णानंद
(C) रायकृष्ण दास (D) डॉ. नगेंद्र

819. निम्नलिखित में से किस साहित्यकार का जन्म आजमगढ़ जिले के पंदहा में हुआ था?
(A) नजीर अकबराबादी (B) राहुल सांकृत्यायन
(C) बाबू श्यामसुंदर दास (D) जैनेंद्र कुमार

820. अमृतलाल नागर का जन्म कहाँ हुआ था?
(A) आगरा में (B) इटावा में
(C) कानपुर में (D) लखनऊ में

821. भारतेंदु हरिश्चंद्र का जन्म कहाँ हुआ था?
(A) इलाहाबाद में (B) आगरा में
(C) लखनऊ में (D) वाराणसी में

822. भारतेंदु हरिश्चंद्र ने निम्नलिखित में से किस पत्र का संपादन एवं प्रकाशन नहीं किया?
(A) नवज्योति (B) हरिश्चंद्र चंद्रिका
(C) बालबोधिनी (D) हरिश्चंद्र मैगजीन

823. उत्तर प्रदेश हिंदी संस्थान का गठन कब किया गया था?
(A) 12 मार्च, 1971 को (B) 26 जून, 1973 को
(C) 30 दिसंबर, 1976 को (D) 8 सितंबर, 1978 को

उत्तर के लिए कृपया पृष्ठ सं. 164 देखें।

824. उत्तर प्रदेश भाषा संस्थान का गठन निम्नलिखित में से किस वर्ष किया गया था?
(A) 1994 में (B) 1996 में
(C) 1999 में (D) 2001 में

825. उत्तर प्रदेश हिंदी भाषा निधि संस्थान की स्थापना निम्नलिखित में से किस वर्ष की गई थी?
(A) 1980 में (B) 1982 में
(C) 1985 में (D) 1988 में

826. उत्तर प्रदेश उर्दू अकादमी की स्थापना निम्नलिखित में से किस वर्ष की गई थी?
(A) 1968 में (B) 1970 में
(C) 1972 में (D) 1975 में

827. उत्तर प्रदेश से प्रकाशित 'बनारस अखबार' (साप्ताहिक) पहला हिंदी पत्र था। इसका प्रकाशन काशी (वाराणसी) से कब प्रारंभ हुआ?
(A) जनवरी 1845 से (B) मार्च 1847 से
(C) अगस्त 1848 से (D) दिसंबर 1852 से

828. वाराणसी से वर्ष 1850 में श्री तारामोहन मित्र नामक बंगवासी ने निम्नलिखित में से किस पत्र का प्रकाशन प्रारंभ किया?
(A) मार्तंड (B) सुधाकर
(C) परमार्थ (D) बहुरंगी

829. वर्ष 1852 में निम्नलिखित में से किस स्थान से 'बुद्धि प्रकाश' नामक पत्र का प्रकाशन प्रारंभ हुआ?
(A) कानपुर (B) मेरठ
(C) आगरा (D) बरेली

830. वास्तविक अर्थ में प्रथम हिंदी दैनिक 'हिंदोस्तान' का प्रकाशन वर्ष 1885 में निम्नलिखित में से कहाँ से प्रारंभ हुआ?
(A) सारनाथ (वाराणसी) (B) कालाकाँकर (प्रतापगढ़)
(C) इज्जतनगर (बरेली) (D) शामली (मुजफ्फरनगर)

831. वर्ष 1870 में शाहजहाँपुर से 'आर्य दर्पण' नामक साप्ताहिक पत्र का

उत्तर के लिए कृपया पृष्ठ सं. 164 देखें।

प्रकाशन किसकी प्रेरणा से शुरू हुआ?
(A) महर्षि दयानंद (B) स्वामी विवेकानंद
(C) राजा राममोहन राय (D) रवींद्रनाथ टैगोर

832. वर्ष 1877 में बाबू तोताराम ने अलीगढ़ से किस पत्र का प्रकाशन प्रारंभ किया?
(A) भारत मित्र (B) भारत भूमि
(C) भारत बंधु (D) भारत दर्पण

833. कानपुर से 'ब्राह्मण' पत्र का प्रकाशन कब प्रारंभ हुआ?
(A) वर्ष 1880 में (B) वर्ष 1883 में
(C) वर्ष 1889 में (D) वर्ष 1892 में

834. वर्ष 1884 में किसने वाराणसी से 'भारत जीवन' का प्रकाशन प्रारंभ किया?
(A) मुंशी बख्यावर सिंह ने (B) राधाचरण गोस्वामी ने
(C) रामकृष्ण वर्मा ने (D) लाला श्रीनिवास दास ने

835. वर्ष 1884 में पं. रुद्रदत्त शर्मा ने मुरादाबाद से किस पत्र का प्रकाशन प्रारंभ किया?
(A) आर्य विनय (B) आर्य हितैषी
(C) आर्य लोक (D) आर्य दर्पण

836. काशी नागरी प्रचारिणी सभा के अनुमोदन से सचित्र हिंदी मासिक पत्रिका 'सरस्वती' का प्रकाशन किस वर्ष प्रारंभ हुआ?
(A) 1894 में (B) 1900 में
(C) 1902 में (D) 1905 में

837. दैनिक 'आज' समाचार पत्र का प्रकाशन प्रारंभ हुआ—
(A) वर्ष 1908 में (B) वर्ष 1912 में
(C) वर्ष 1817 में (D) वर्ष 1920 में

838. निम्नलिखित में से किस स्थान से 'आज' का प्रकाशन नहीं होता?
(A) कानपुर (B) गाजियाबाद
(C) वाराणसी (D) लखनऊ

839. दैनिक 'अमर उजाला' समाचार पत्र का प्रकाशन प्रारंभ हुआ—
(A) वर्ष 1942 में (B) वर्ष 1946 में

उत्तर के लिए कृपया पृष्ठ सं. 164 देखें।

(C) वर्ष 1948 में (D) वर्ष 1952 में

840. उत्तर प्रदेश में निम्नलिखित में से किस हिंदी दैनिक की प्रसार-संख्या सर्वाधिक है?

(A) अमर उजाला (B) दैनिक जागरण
(C) हिंदुस्तान (D) आज

841. सांध्य दैनिक 'गांडीव' का प्रकाशन निम्नलिखित में से किस स्थान से होता है?

(A) लखनऊ (B) वाराणसी
(C) इलाहाबाद (D) कानपुर

842. निम्नलिखित में से किस दैनिक पत्र का प्रकाशन उत्तर प्रदेश से नहीं होता?

(A) राष्ट्रीय सहारा (B) स्वतंत्र भारत
(C) अमृत प्रभात (D) प्रभात खबर

843. 'अखंड ज्योति' नामक पत्रिका का प्रकाशन निम्नलिखित में से किस स्थान से होता है?

(A) आगरा (B) मथुरा
(C) कानपुर (D) बरेली

844. निम्नलिखित में से किस पत्रिका का प्रकाशन विजयगढ़ (अलीगढ़) से होता है?

(A) धन्वंतरी (B) सेवाग्राम
(C) बहुरंगी (D) अहिंसा वाणी

845. 'प्रतियोगिता दर्पण' नामक पत्रिका का प्रकाशन निम्नलिखित में से किस स्थान से होता है?

(A) लखनऊ (B) कानपुर
(C) आगरा (D) मेरठ

846. 'युग निर्माण योजना' नामक पत्रिका का प्रकाशन निम्नलिखित में से किस स्थान से होता है?

(A) आगरा (B) मथुरा
(C) रायबरेली (D) सीतापुर

उत्तर के लिए कृपया पृष्ठ सं. 164 देखें।

847. 'कल्याण' नामक पत्रिका का प्रकाशन निम्नलिखित में से किस स्थान से होता है?

(A) गोरखपुर (B) वाराणसी
(C) इलाहाबाद (D) मथुरा

848. निम्नलिखित में से किस पत्रिका का प्रकाशन मुट्ठीगंज (इलाहाबाद) से नहीं होता?

(A) माया (B) नई तालीम
(C) मनोरमा (D) मनोहर कहानियाँ

849. निम्नलिखित में से कौन सी प्रकाशन विभाग, सूचना निदेशालय (लखनऊ) द्वारा प्रकाशित पत्रिका नहीं है?

(A) उत्तर प्रदेश पंचायतीराज (B) अध्यापक संदेश
(C) त्रिपथगा (D) इनमें से कोई नहीं

850. निम्नलिखित में से कौन सी संवाद एजेंसी लखनऊ में स्थापित नहीं है?

(A) इंडियन न्यूज फीचर एजेंसी (B) न्यूज फीचर्स ऑफ इंडिया
(C) उत्तर प्रदेश न्यूज फीचर्स (D) प्रेस भारती

□

उत्तर के लिए कृपया पृष्ठ सं. 164 देखें।

18

पुरस्कार एवं सम्मान

851. भारत के नागरिक पुरस्कार 'भारत रत्न' से उत्तर प्रदेश के निम्नलिखित में से किसे सम्मानित किया गया है?
(A) उस्ताद बिस्मिल्लाह खाँ (B) पं. किशन महाराज
(C) पं. विद्यानिवास मिश्र (D) श्री रविशंकर

852. पद्म विभूषण से सम्मानित निम्नलिखित में से कौन वाराणसी का रहनेवाला नहीं है?
(A) उस्ताद बिस्मिल्लाह खाँ (B) पं. किशन महाराज
(C) श्री उमाशंकर दीक्षित (D) श्री रविशंकर

853. निम्नलिखित में से कौन पद्म भूषण से सम्मानित नहीं है?
(A) पं. विद्यानिवास मिश्र (B) श्री अमृतलाल नागर
(C) डॉ. ईश्वरी प्रसाद (D) श्री रघुनाथ शर्मा

854. पद्म भूषण से सम्मानित निम्नलिखित में से कौन लखनऊ का रहनेवाला नहीं है?
(A) बेगम कुदसिया ऐजाज रसूल (B) पं. श्रीनारायण चतुर्वेदी
(C) श्री रामकिंकर उपाध्याय (D) श्री अमृतलाल नागर

855. पद्म भूषण से सम्मानित निम्नलिखित में से कौन वाराणसी का रहनेवाला नहीं है?
(A) श्री वीरेंद्र दयाल (B) श्रीमती गिरिजा देवी
(C) प्रो. ए.ए. सुरूर (D) आचार्य बलदेव उपाध्याय

856. निम्नलिखित में से कौन वर्ष 2006 में पद्मश्री से सम्मानित नहीं है?
(A) पी.पी. राव (B) स्वामी हरगोविंद महाराज

उत्तर के लिए कृपया पृष्ठ सं. 164 देखें।

(C) डॉ. प्रीतम सिंह (D) न्यायमूर्ति वी.एन. खरे

857. उत्तर प्रदेश शासन का सर्वोच्च 'यश भारती सम्मान' निम्नलिखित में से किस वर्ष प्रारंभ किया गया?

(A) 1990 में (B) 1992 में
(C) 1994 में (D) 1996 में

858. वर्ष 2006 में 'यश भारती सम्मान' निम्नलिखित में से किसे प्रदान किया गया?

(A) फिल्म अभिनेता अमिताभ बच्चन को
(B) साहित्यकार डॉ. विवेकी राय को
(C) क्रिकेटर मोहम्मद कैफ को
(D) उपर्युक्त सभी

859. 'यश भारती सम्मान' के अंतर्गत निम्नलिखित में से क्या प्रदान नहीं किया जाता है?

(A) शॉल (B) स्मृति-चिह्न
(C) उपहार सामग्री (D) 5 लाख रु. की नकद धनराशि

860. निम्नलिखित में से कौन 'मान्यवर श्री कांशीराम कला सम्मान' से संबंधित नहीं है?

(A) नृत्य एवं संगीत (B) चित्रकला एवं मूर्तिकला
(C) नाट्य लेखन एवं अभिनय (D) साहित्य एवं पत्रकारिता

861. 'मान्यवर श्री कांशीराम कला सम्मान' के अंतर्गत प्रतिवर्ष कितने कलाकारों को पुरस्कृत किया जाता है?

(A) 2 (B) 4
(C) 6 (D) 8

862. 'मान्यवर श्री कांशीराम कला सम्मान' के अंतर्गत प्रत्येक कलाकार को कितनी धनराशि प्रदान की जाती है?

(A) 2 लाख रुपए (B) 4 लाख रुपए
(C) 5 लाख रुपए (D) 7 लाख रुपए

863. 'वीरांगना महारानी अहिल्याबाई होलकर स्मृति पुरस्कार' के अंतर्गत कितनी धनराशि प्रदान की जाती है?

उत्तर के लिए कृपया पृष्ठ सं. 164 देखें।

(A) 1 लाख रुपए (B) 2 लाख रुपए
(C) 4 लाख रुपए (D) 6 लाख रुपए

864. निम्नलिखित में से किसे वर्ष 2005 के भारत-भारती सम्मान से सम्मानित किया गया?
(A) डॉ. विवेकी राय (B) डॉ. रामदरश मिश्र
(C) डॉ. वेद प्रताप वैदिक (D) डॉ. रमाशंकर अवस्थी

865. उत्तर प्रदेश संस्कृत संस्थान के सर्वोच्च 'विश्व-भारती पुरस्कार' से मई 2008 में किसे सम्मानित किया गया?
(A) श्रीनिवास रथ को (B) कुबेरनाथ शुक्ल को
(C) विश्वनाथ शास्त्री दातार को (D) इनमें से कोई नहीं

866. 'विश्व भारती पुरस्कार' के अंतर्गत कितनी धनराशि प्रदान की जाती है?
(A) 1 लाख रुपए (B) 2 लाख रुपए
(C) 1 लाख 51 हजार रुपए (D) 4 लाख रुपए

867. उत्तर प्रदेश संस्कृत संस्थान के पुरस्कार 'महर्षि वाल्मीकि सम्मान' से मई-2008 में निम्नलिखित में से किसे सम्मानित किया गया?
(A) विश्वनाथ शास्त्री दातार को (B) प्रो. श्रीराम पांडेय को
(C) प्रो. सुषमा कुलश्रेष्ठ को (D) प्रो. युगल किशोर मिश्र को

868. निम्नलिखित में से कौन उत्तर प्रदेश संस्कृत संस्थान का पुरस्कार नहीं है?
(A) वेद पंडित पुरस्कार (B) व्यास सम्मान
(C) कालिदास सम्मान (D) नारद सम्मान

869. निम्नलिखित में से कौन हिंदी संस्थान का पुरस्कार नहीं है?
(A) भारत भारती सम्मान (B) उत्तर प्रदेश साहित्य सम्मान
(C) महात्मा गांधी सम्मान (D) हिंदी गौरव सम्मान

870. 'भारत भारती सम्मान' के अंतर्गत कितनी धनराशि प्रदान की जाती है?
(A) 1 लाख रुपए (B) 2 लाख रुपए
(C) 2 लाख 51 हजार रुपए (D) 4 लाख रुपए

871. निम्नलिखित में से कौन उत्तर प्रदेश हिंदी संस्थान का पुरस्कार नहीं है?
(A) विद्या भूषण सम्मान (B) लोक भूषण सम्मान

उत्तर के लिए कृपया पृष्ठ सं. 164 देखें।

(C) कला भूषण सम्मान (D) सृजन भूषण सम्मान

872. उत्तर प्रदेश के बी.बी.सी. संवाददाता रामदत्त त्रिपाठी को वर्ष 2005 के लिए निम्नलिखित में से किस पुरस्कार से सम्मानित किया गया?

(A) गणेश शंकर विद्यार्थी पुरस्कार

(B) महावीर प्रसाद द्विवेदी पुररस्कार

(C) जुगल किशोर शुक्ल पुरस्कार

(D) पत्रकारिता भूषण सम्मान

873. निम्नलिखित में से कौन वर्ष 2004 के 'बाल साहित्य भारती सम्मान' से सम्मानित हैं?

(A) श्रीमती इंदु जैन (B) विष्णु खन्ना

(C) श्रीकृष्ण शलभ (D) डॉ. रामचंद्र तिवारी

874. वरिष्ठ पत्रकार आलोक मेहता को निम्नलिखित में से किस पुरस्कार से सम्मानित किया गया है?

(A) महावीर प्रसाद द्विवेदी पुररस्कार

(B) गणेश शंकर विद्यार्थी पुररस्कार

(C) जुगल किशोर शुक्ल पुररस्कार

(D) पत्रकारिता भूषण सम्मान

875. निम्नलिखित में से किसे वर्ष 2006 के 'भारत-भारती सम्मान' से सम्मानित किया गया है?

(A) पं. विद्यानिवास मिश्र को (B) डॉ. परमानंद श्रीवास्तव को

(C) डॉ. विवेकी राय को (D) डॉ. रामचंद्र तिवारी को

876. वर्ष 2006 के निम्नलिखित में से किस पुरस्कार से मधुसूदन आनंद को पुरस्कृत किया गया है?

(A) डॉ. धर्मवीर भारती पुरस्कार (B) गणेश शंकर विद्यार्थी पुरस्कार

(C) पत्रकारिता भूषण सम्मान (D) इनमें से कोई नहीं

877. निम्नलिखित में से कौन वर्ष 2006 के 'हिंदी गौरव सम्मान' से सम्मानित है?

(A) पं. विद्यानिवास मिश्र (B) डॉ. विवेकी राय

(C) डॉ. कुँवर बेचैन (D) डॉ. परमानंद श्रीवास्तव

878. डॉ. (श्रीमती) गिरीश रस्तोगी को वर्ष 2006 के निम्नलिखित में से किस

उत्तर के लिए कृपया पृष्ठ सं. 164-165 देखें।

पुरस्कार से पुरस्कृत किया गया है?

(A) वीरांगना महारानी अहिल्याबाई होलकर स्मृति पुरस्कार

(B) श्रीमती वेल्दी एच. फिशर पुरस्कार

(C) अवंतीबाई सम्मान

(D) हिंदी विदेश प्रसार सम्मान

879. निम्नलिखित में से किसे वर्ष 2006 के 'महात्मा गांधी सम्मान' से सम्मानित किया गया है?

(A) डॉ. परमांनद श्रीवास्तव (B) डॉ. वेदप्रताप वैदिक

(C) पं. विद्यानिवास मिश्र (D) डॉ. विवेकी राय

880. डॉ. प्रभाकर श्रोत्रीय को वर्ष 2006 के निम्नलिखित में से किस सम्मान से सम्मानित किया गया है?

(A) पं. दीनदयाल उपाध्याय सम्मान (B) विद्या भूषण सम्मान

(C) लोक भूषण सम्मान (D) कला भूषण सम्मान

881. निम्नलिखित में से किसे वर्ष 2006 के 'मधु लिमये सम्मान' से सम्मानित किया गया है?

(A) प्रो. सुषमा कुलश्रेष्ठ को (B) नरेश चंद्र सक्सेना को

(C) प्रो. युगल किशोर मिश्र को (D) कैलाश चंद्र मिश्र को

882. निम्नलिखित में से किसे वर्ष 2006 के 'लोहिया साहित्य सम्मान' से सम्मानित किया गया है?

(A) डॉ. श्याम सिंह 'शशि' को (B) डॉ. रमाशंकर अवस्थी को

(C) नरेशचंद्र सक्सेना को (D) डॉ. रामचंद्र तिवारी को

883. वर्ष 2006 के हिंदी संस्थान के पुरस्कार तथा उससे सम्मानित होनेवाले विशिष्ट व्यक्तियों के संबंध में निम्नलिखित में से कौन सा युग्म सुमेलित नहीं है?

(A) विद्या भूषण सम्मान—सत्यदेव मिश्र

(B) बाल साहित्य भारती सम्मान—राजेंद्र सिंह

(C) लोक भूषण सम्मान—डॉ. विद्या बिंदु सिंह

(D) कला भूषण सम्मान—डॉ. उर्मिल कुमार थपलियाल

884. निम्नलिखित में से कौन उत्तर प्रदेश हिंदी संस्थान का पुरस्कार नहीं है?

उत्तर के लिए कृपया पृष्ठ सं. 165 देखें।

(A) प्रवासी भारतीय हिंदी भूषण सम्मान
(B) हिंदी विदेश प्रसार सम्मान
(C) हिंदी अनुवाद कला सम्मान
(D) विश्वविद्यालय स्तरीय सम्मान

885. निम्नलिखित में से कौन सी अकादमी अपनी विविध गतिविधियों में विद्वानों अथवा कलाकारों को पुरस्कृत एवं सम्मानित करने का कार्य करती है?
(A) उत्तर प्रदेश उर्दू अकादमी (B) राज्य ललित कला अकादमी
(C) संगीत-नाटक अकादमी (D) उपर्युक्त सभी

886. उत्कृष्ट उद्यमी पुरस्कार निम्नलिखित में से किस वर्ष प्रारंभ किया गया?
(A) 1987-88 में (B) 1989-90 में
(C) 1992-93 में (D) 1994-95 में

887. उत्कृष्ट उद्यमी पुरस्कार के अंतर्गत कितनी इकाइयों को पुरस्कृत किया जाता है?
(A) 15 (B) 25
(C) 40 (D) 50

888. उत्तर प्रदेश सरकार ने निम्नलिखित में से किस क्षेत्र में विशिष्ट योगदान के लिए 'डॉ. धर्मवीर भारती पुरस्कार' की घोषणा की है?
(A) साहित्य (B) पत्रकारिता
(C) कार्टून (D) चित्र

889. उत्तर प्रदेश सरकार का पुलिस विभाग निम्नलिखित में से कौन सा पुरस्कार प्रदान नहीं करता?
(A) पुलिस पदक एवं सम्मान (B) पुलिस शौर्य पुरस्कार
(C) बहादुरी पुरस्कार (D) इनमें से कोई नहीं

890. निम्नलिखित में से किस वर्ष 'विवेकानंद युवा पुरस्कार' की स्थापना की गई?
(A) 1985 में (B) 1987 में
(C) 1990 में (D) 1992 में

891. उत्तर प्रदेश सरकार द्वारा अगस्त 2006 में उस्ताद बिस्मिल्लाह खाँ की स्मृति में निम्नलिखित में से किस पुरस्कार की स्थापना की गई?

उत्तर के लिए कृपया पृष्ठ सं. 165 देखें।

(A) उत्तर प्रदेश रत्न पुरस्कार (B) कला रत्न पुरस्कार
(C) संगीत रत्न पुरस्कार (D) संगीत भूषण पुरस्कार

892. अभिनेत्री एवं नृत्यांगना सुधा चंद्रन को सितंबर 2006 में इनमें से किस पुरस्कार से पुरस्कृत किया गया?
(A) संगीत रत्न पुरस्कार
(B) लच्छू महाराज पुरस्कार
(C) राष्ट्रीय अकादमी पुरस्कार
(D) संगीत नाटक अकादमी पुरस्कार

893. मार्च 2005 में 'अवध सम्मान' से निम्नलिखित में से किसे सम्मानित किया गया?
(A) शर्मिला टैगोर को (B) फिल्मकार मुजफ्फर अली को
(C) उपर्युक्त दोनों (D) इनमें से कोई नहीं

894. वर्ष 2006 के 'उत्तर प्रदेश उर्दू अकादमी पुरस्कार' से निम्नलिखित में से किसे पुरस्कृत किया गया?
(A) जीलानी बानो को (B) इम्तियाज अहमद 'गाजी' को
(C) वाहिद अली 'वाहिद' को (D) डॉ. मुहम्मद मुजम्मिल को

895. वर्ष 2007 के 'उत्तर प्रदेश उर्दू अकादमी पुरस्कार' से निम्नलिखित में से किसे सम्मानित किया गया?
(A) वाहिद अली 'वाहिद' को (B) डॉ. मुहम्मद मुजम्मिल को
(C) मुख्तार अहमद आरजू को (D) इम्तियाज अहमद 'गाजी' को

896. उत्तर प्रदेश सरकार द्वारा 'गुरु गोविंद सिंह राष्ट्रीय एकता पुरस्कार' कब प्रारंभ किया गया?
(A) वर्ष 1985 में (B) वर्ष 1998 में
(C) वर्ष 2001 में (D) वर्ष 2004 में

897. 'गुरु गोविंद सिंह राष्ट्रीय एकता पुरस्कार' के अंतर्गत कितनी धनराशि प्रदान की जाती है?
(A) 50 हजार रुपए (B) 1 लाख रुपए
(C) 1 लाख 51 हजार रुपए (D) 2 लाख रुपए

898. 'श्रीमती वेल्दी एच. फिशर पुरस्कार' की स्थापना कब की गई?

उत्तर के लिए कृपया पृष्ठ सं. 165 देखें।

(A) सितंबर 2004 में (B) दिसंबर 2005 में
(C) मार्च 2006 में (D) अगस्त 2007 में

899. 'श्रीमती वेल्दी एच. फिशर पुरस्कार' इनमें से किससे संबंधित है?
(A) खेल (B) पत्रकारिता
(C) साक्षरता (D) चिकित्सा

900. उत्तर प्रदेश सरकार द्वारा स्थापित पुरस्कार तथा उससे संबंधित विषय के संबंध में निम्नलिखित में से कौन सा युग्म सुमेलित नहीं है?
(A) इरफान पुरस्कार—कार्टून
(B) डॉ. धर्मवीर भारती पुरस्कार-पत्रकारिता
(C) हरिशंकर परसाई पुरस्कार—व्यंग्य लेखन
(D) भारतेंदु पुरस्कार—साहित्यिक आलेख

□

उत्तर के लिए कृपया पृष्ठ सं. 165 देखें।

19

खेलकूद

901. उत्तर प्रदेश खेल निदेशालय की स्थापना किस वर्ष हुई थी ?

(A) 1972 में (B) 1974 में

(C) 1976 में (D) 1978 में

902. उत्तर प्रदेश खेल निदेशालय प्रशिक्षण शिविर कार्यक्रम का आयोजन करता है—

(A) प्रत्येक वर्ष (B) प्रत्येक दो वर्ष बाद

(C) प्रत्येक तीन वर्ष बाद (D) इनमें से कोई नहीं

903. निम्नलिखित में से कौन सा उत्तर प्रदेश खेल निदेशालय का कार्य नहीं है ?

(A) प्रतियोगिताओं का आयोजन

(B) क्रीड़ा प्रतिष्ठानों का निर्माण

(C) खिलाड़ियों को रोजगार उपलब्ध कराना

(D) राज्य के पूर्व खिलाड़ियों को आर्थिक सहायता प्रदान करना

904. उत्तर प्रदेश में जिला स्तर से राज्य स्तर तक की प्रतियोगिताओं का आयोजन किसके द्वारा किया जाता है ?

(A) खेल मंत्रालय (B) खेल निदेशालय

(C) युवा कल्याण निदेशालय (D) प्रादेशिक विकास दल

905. स्पोर्ट्स कॉलेज, लखनऊ की स्थापना किस वर्ष हुई थी ?

(A) 1972 में (B) 1975 में

(C) 1977 में (D) 1980 में

906. स्पोर्ट्स कॉलेज, लखनऊ परिसर में स्थित एस्ट्रो-टर्फ स्टेडियम को किस नाम से जाना जाता है ?

(A) ध्यानचंद स्टेडियम (B) सैयद मोदी स्टेडियम

उत्तर के लिए कृपया पृष्ठ सं. 165 देखें।

(C) के.डी. सिंह 'बाबू' स्टेडियम (D) उपर्युक्त सभी

907. ग्रीन पार्क स्टेडियम कहाँ स्थित है ?

(A) कानपुर (B) लखनऊ
(C) इलाहाबाद (D) वाराणसी

908. ग्रीन पार्क स्टेडियम किस खेल से संबंधित है ?

(A) हॉकी (B) क्रिकेट
(C) फुटबॉल (D) लॉन टेनिस

909. वीर बहादुर सिंह स्पोर्ट्स कॉलेज, गोरखपुर की स्थापना किस वर्ष हुई थी ?

(A) 1985 में (B) 1988 में
(C) 1991 में (D) 1993 में

910. के.डी. सिंह 'बाबू' स्टेडियम कहाँ स्थित है ?

(A) गोरखपुर (B) मेरठ
(C) लखनऊ (D) आगरा

911. अखिल भारतीय के.डी. सिंह 'बाबू' स्मारक आमंत्रण हॉकी प्रतियोगिता का आयोजन कहाँ किया जाता है ?

(A) लखनऊ में (B) कानपुर में
(C) आगरा में (D) गोरखपुर में

912. निम्नलिखित में से कौन सा उत्तर प्रदेश का विशिष्ट हॉकी केंद्र है ?

(A) गोरखपुर (B) आगरा
(C) रामपुर (D) वाराणसी

913. किसे 'हॉकी का जादूगर' कहा जाता है ?

(A) के.डी. सिंह 'बाबू' को (B) अशोक कुमार को
(C) सैयद अली को (D) मेजर ध्यानचंद को

914. उत्तर प्रदेश का राजकीय खेल क्या है ?

(A) क्रिकेट (B) हॉकी
(C) बैडमिंटन (D) वॉलीबॉल

915. उत्तर प्रदेश में मुख्य रूप से खेल के सामान कहाँ बनते हैं ?

(A) मेरठ, आगरा (B) इलाहाबाद, आजमगढ़
(C) गाजियाबाद, कानपुर (D) लखनऊ, बाराबंकी

उत्तर के लिए कृपया पृष्ठ सं. 165 देखें।

916. उत्तर प्रदेश का इनमें से कौन सा खिलाड़ी बैडमिंटन से संबंधित है?
(A) सैयद मोदी (B) अमिता मोदी
(C) एम.एस. मल्होत्रा (D) राजेंद्र सिंह

917. उत्तर प्रदेश के माया लाल निम्नलिखित में से किस खेल से संबंधित हैं?
(A) पावर लिफ्टिंग (B) कुश्ती
(C) नौकायन (D) हॉकी

918. उत्तर प्रदेश का निम्नलिखित में से कौन खिलाड़ी नौकायन से संबंधित नहीं है?
(A) कैप्टन एस. शेखर (B) रविंद्र लाल पांडेय
(C) मेजर एस. के. सिंह (D) राजेंद्र सिंह

919. उत्तर प्रदेश के खिलाड़ी तथा खेल के संबंध में निम्नलिखित में से कौन सा युग्म सुमेलित नहीं है?
(A) सुरेश सिंह—कुश्ती
(B) मुहम्मद वसी खान—बॉडी बिल्डिंग
(C) रविंद्र लाल पांडे—एथलेटिक्स
(D) पी.के. बनर्जी—सोलोग्लाइडिंग

920. उत्तर प्रदेश का निम्नलिखित में से कौन सा खिलाड़ी वॉलीबॉल से संबंधित नहीं है?
(A) रणवीर सिंह (B) मुहम्मद इलियास
(C) अशोक कुमार (D) इनमें से कोई नहीं

921. उत्तर प्रदेश का निम्नलिखित में से कौन सा खिलाड़ी क्रिकेट से संबंधित नहीं है?
(A) मोहम्मद कैफ (B) पीयूष चावला
(C) आनंद शुक्ला (D) सैयद अली

922. उत्तर प्रदेश के मुहम्मद इलियास किस खेल से संबंधित हैं?
(A) एथलेटिक्स (B) वॉलीबॉल
(C) बैडमिंटन (D) निशानेबाजी

923. उत्तर प्रदेश की सुश्री वीणा भूषण किस खेल से संबंधित हैं?
(A) हॉकी (B) बैडमिंटन

उत्तर के लिए कृपया पृष्ठ सं. 165 देखें।

(C) टेबल टेनिस (D) लॉन टेनिस

924. उत्तर प्रदेश का निम्नलिखित में से कौन सा खिलाड़ी निशानेबाजी से संबंधित है?

(A) एस.एन. यादव (B) मसूद वलीम

(C) अशोक कुमार (D) सुरेश गोयल

925. उत्तर प्रदेश का निम्नलिखित में से कौन सा खिलाड़ी तैराकी से संबंधित है?

(A) एम.एल. मल्होत्रा (B) जमना लाल शर्मा

(C) मुहम्मद वसी खान (D) एस.एन. यादव

926. उत्तर प्रदेश के श्याम सिंह किस खेल से संबंधित हैं?

(A) पावर लिफ्टिंग (B) बॉडी बिल्डिंग

(C) वॉलीबॉल (D) एथलेटिक्स

927. अखिल भारतीय महिला आमंत्रण प्राइज-मनी हॉकी प्रतियोगिता का आयोजन कहाँ किया जाता है?

(A) वाराणसी में (B) इलाहाबाद में

(C) कानपुर में (D) मेरठ में

928. पूर्व प्रधानमंत्री श्रीमती इंदिरा गांधी की पुण्य स्मृति में निम्नलिखित में से किस प्रतियोगिता का आयोजन किया जाता है?

(A) इंदिरा हैंडबॉल (B) इंदिरा बैडमिंटन

(C) इंदिरा तैराकी (D) इंदिरा मैराथन

929. उत्तर प्रदेश खेल निदेशालय निर्धारित मार्गदर्शन नियमों का पालन करनेवाले निम्नलिखित में से किसे आर्थिक सहायता प्रदान करता है?

(A) प्रादेशिक क्रीड़ा संघों को (B) खेल संस्थाओं को

(C) क्लबों को (D) उपर्युक्त सभी

930. 'मान्यवर कांशीराम अंतरराष्ट्रीय खेल पुरस्कार' की स्थापना कब की गई?

(A) 4 जून, 2005 को (B) 13 मार्च, 2006 को

(C) 25 सितंबर, 2007 को (D) 22 जनवरी, 2008 को

931. 'मान्यवर कांशीराम अंतरराष्ट्रीय खेल पुरस्कार' निम्नलिखित में से किसे प्रदान किया जाता है?

उत्तर के लिए कृपया पृष्ठ सं. 165-166 देखें।

(A) राज्य के अंतरराष्ट्रीय स्तर के श्रेष्ठ खिलाड़ियों को
(B) अंतरराष्ट्रीय खेल में उत्कृष्ट प्रदर्शन करनेवाले प्रदेश के खिलाड़ियों को
(C) अंतरराष्ट्रीय स्तर पर पहचान दिलाने वाले प्रदेश के खेल संस्थाओं को
(D) इनमें से कोई नहीं

932. 'मान्यवर कांशीराम अंतरराष्ट्रीय खेल पुरस्कार' के अंतर्गत ओलंपिक खेलों की एकल प्रतिस्पर्धाओं में स्वर्ण पदक जीतने वाले खिलाड़ी को कितने रुपये पुरस्कार में दिए जाते हैं?

(A) 20 लाख (B) 30 लाख
(C) 40 लाख (D) 50 लाख

933. 'मान्यवर कांशीराम अंतरराष्ट्रीय खेल पुरस्कार' के अंतर्गत ओलंपिक खेलों की एकल प्रतिस्पर्धाओं में रजत पदक जीतनेवाले खिलाड़ी को कितने रुपये पुरस्कार में दिए जाते हैं?

(A) 10 लाख (B) 15 लाख
(C) 20 लाख (D) 25 लाख

934. 'मान्यवर कांशीराम अंतरराष्ट्रीय खेल पुरस्कार' के अंतर्गत ओलंपिक खेलों की एकल प्रतिस्पर्धाओं में कांस्य पदक जीतने वाले खिलाड़ी को कितने रुपये पुरस्कार में दिए जाते हैं?

(A) 5 लाख (B) 10 लाख
(C) 15 लाख (D) 20 लाख

935. 'मान्यवर कांशीराम अंतरराष्ट्रीय खेल पुरस्कार' के अंतर्गत आलंपिक खेलों में टीम प्रतिस्पर्धाओं में स्वर्ण पदक जीतने पर कितने रुपये पुरस्कार में दिए जाते हैं?

(A) 10 लाख (B) 15 लाख
(C) 20 लाख (D) 25 लाख

936. 'मान्यवर कांशीराम अंतरराष्ट्रीय खेल पुरस्कार' के अंतर्गत राष्ट्रमंडलीय, एशियाई, एफ्रो-एशियाई खेलों तथा विश्व कप की टीम स्पर्धाओं में स्वर्ण पदक जीतने पर कितने रुपये पुरस्कार में दिए जाते हैं?

(A) 5 लाख (B) 10 लाख
(C) 15 लाख (D) 20 लाख

उत्तर के लिए कृपया पृष्ठ सं. 166 देखें।

937. 'मान्यवर कांशीराम अंतरराष्ट्रीय खेल पुरस्कार' सर्वप्रथम निम्नलिखित में से किसे प्राप्त हुआ?

(A) पीयूष चावला (B) मोहम्मद कैफ

(C) रुद्र प्रताप सिंह (D) प्रवीण कुमार

938. निम्नलिखित में से कौन 'मान्यवर कांशीराम अंतरराष्ट्रीय खेल पुरस्कार' से सम्मानित नहीं है?

(A) आनंद शुक्ला (B) प्रवीण कुमार

(C) पीयूष चावला (D) रुद्र प्रताप सिंह

939. निम्नलिखित में से कौन सा उत्तर प्रदेश का सर्वोच्च खेल सम्मान है?

(A) लक्ष्मण पुरस्कार (B) रानी लक्ष्मीबाई पुरस्कार

(C) उपर्युक्त दोनों (D) इनमें से कोई नहीं

940. 'लक्ष्मण पुरस्कार' तथा 'रानी लक्ष्मीबाई पुरस्कार' का वितरण सर्वप्रथम कब किया गया?

(A) वर्ष 1972 में (B) वर्ष 1974 में

(C) वर्ष 1976 में (D) वर्ष 1978 में

941. निम्नलिखित में से कौन 'लक्ष्मण पुरस्कार' प्राप्त करने की अर्हता नहीं है?

(A) खिलाड़ी उत्तर प्रदेश का मूल निवासी होना चाहिए

(B) खिलाड़ी कम-से-कम ग्रेजुएट होना चाहिए

(C) खिलाड़ी कम-से-कम तीन वर्ष तक प्रदेशीय टीम का सदस्य रहा हो

(D) उसका खेल उत्तम होना चाहिए

942. 'लक्ष्मण पुरस्कार' या 'रानी लक्ष्मीबाई पुरस्कार' से पुरस्कृत होनेवाले खिलाड़ियों को कितनी धनराशि पुरस्कारस्वरूप प्रदान की जाती है?

(A) 15 हजार रुपए (B) 20 हजार रुपए

(C) 25 हजार रुपए (D) 30 हजार रुपए

943. 'लक्ष्मण पुरस्कार' से पुरस्कृत निम्नलिखित में से कौन सा खिलाड़ी हॉकी से संबंधित नहीं है?

(A) अशोक कुमार सिंह (B) अवनीश कुमार यादव

(C) सैयद अली (D) नेहा सिंह

उत्तर के लिए कृपया पृष्ठ सं. 166 देखें।

944. निम्नलिखित में से किसे एथलेटिक्स में श्रेष्ठ प्रदर्शन के लिए 'लक्ष्मण पुरस्कार' से पुरस्कृत किया गया है?
(A) रमेख कुमार यादव (B) रविंद्रलाल पांडेय
(C) प्रमोद तिवारी (D) उपर्युक्त सभी

945. 'लक्ष्मण पुरस्कार' से पुरस्कृत निम्नलिखित में से कौन सा खिलाड़ी बैडमिंटन से संबंधित नहीं है?
(A) सुशांत सक्सेना (B) मुरारीलाल मेहरोत्रा
(C) सुरेश गोयल (D) ज्ञानेंद्र पांडेय

946. 'लक्ष्मण पुरस्कार' से पुरस्कृत आर.पी. सिंह निम्नलिखित में से किस खेल से संबंधित हैं?
(A) क्रिकेट (B) हॉकी
(C) फुटबॉल (D) बैडमिंटन

947. 'लक्ष्मण पुरस्कार' से पुरस्कृत खिलाड़ी तथा खेल के संबंध में निम्नलिखित में से कौन सा युग्म सुमेलित नहीं है?
(A) अनुदय यादव—शूटिंग (B) उमेश प्रसाद—तैराकी
(C) भैया लाल—एथलेटिक्स (D) मुश्ताक अली—फुटबॉल

948. 'लक्ष्मण पुरस्कार' से पुरस्कृत निम्नलिखित में से कौन क्रिकेट से संबंधित नहीं है?
(A) राहुल सप्रू (B) ज्ञानेंद्र पांडेय
(C) आनंद शुक्ला (D) अभिन्न गुप्ता

949. निम्नलिखित में से किसे भारोत्तोलन में श्रेष्ठ प्रदर्शन के लिए 'लक्ष्मण पुरस्कार' से पुरस्कृत किया गया है?
(A) एस.एन. यादव (B) ललित पटेल
(C) रामेंद्र कुमार शर्मा (D) रनवीर सिंह

950. मोहम्मद वसी को निम्नलिखित में से किस स्पर्धा में श्रेष्ठ प्रदर्शन के लिए 'लक्ष्मण पुरस्कार' से पुरस्कृत किया गया है?
(A) शूटिंग (B) भारोत्तोलन
(C) एथलेटिक्स (D) बेस्ट फिजिक

□

उत्तर के लिए कृपया पृष्ठ सं. 166 देखें।

20

विविध

951. उत्तर प्रदेश जमींदारी विनाश एवं भूमि व्यवस्था अधिनियम किस वर्ष लागू हुआ?

(A) वर्ष 1950 में (B) वर्ष 1954 में

(C) वर्ष 1960 में (D) वर्ष 1962 में

952. उत्तर प्रदेश में चकबंदी योजना किस वर्ष प्रारंभ की गई थी?

(A) वर्ष 1952 में (B) वर्ष 1954 में

(C) वर्ष 1956 में (D) वर्ष 1959 में

953. उत्तर प्रदेश में नया सहकारिता अधिनियम कब लागू किया गया?

(A) वर्ष 1962 में (B) वर्ष 1965 में

(C) वर्ष 1972 में (D) वर्ष 1979 में

954. उत्तर प्रदेश में जिला सहकारी बैंक की स्थापना कब हुई थी?

(A) वर्ष 1936 में (B) वर्ष 1938 में

(C) वर्ष 1941 में (D) वर्ष 1944 में

955. उत्तर प्रदेश राज्य योजना आयोग का अध्यक्ष कौन होता है?

(A) मुख्यमंत्री (B) राज्यपाल

(C) वित्त मंत्री (D) प्रमुख सचिव

956. उत्तर प्रदेश श्रम मंत्रालय के अनुसार राज्य में कितने बाल श्रमिक हैं?

(A) 25 हजार (B) 35 हजार

(C) 50 हजार (D) 70 हजार

957. उत्तर प्रदेश में वृद्धावस्था पेंशन योजना की शुरुआत किस वर्ष हुई?

(A) 1952 में (B) 1954 में

उत्तर के लिए कृपया पृष्ठ सं. 166 देखें।

(C) 1957 में (D) 1960 में

958. भारत का पहला केंद्रीय कारागार वर्ष 1846 में उत्तर प्रदेश के किस शहर में स्थापित किया गया था?

(A) मथुरा (B) आगरा
(C) मेरठ (D) कानपुर

959. उत्तर प्रदेश एड्स नियंत्रण प्रकोष्ठ की स्थापना कब की गई?

(A) जून 1990 में (B) मार्च 1991 में
(C) अगस्त 1992 में (D) नवंबर 1994 में

960. उत्तर प्रदेश में उपभोक्ता संरक्षण कार्यक्रम किस वर्ष प्रारंभ किया गया?

(A) 1982 में (B) 1984 में
(C) 1986 में (D) 1988 में

961. उत्तर प्रदेश राज्य सूचना केंद्र निम्नलिखित में से किस नगर में स्थित है?

(A) इलाहाबाद (B) लखनऊ
(C) कानपुर (D) आगरा

962. उत्तर प्रदेश में सूचना का अधिकार अधिनियम कब लागू हुआ :

(A) 12 अक्तूबर, 2005 को (B) 19 जून, 2004 को
(C) 10 जनवरी, 2004 को (D) 22 अगस्त, 2003 को

963. उत्तर प्रदेश के प्रथम मुख्य सूचना आयुक्त कौन हैं?

(A) श्री सुधीर चंद्र वर्मा (B) श्री कैलाशनाथ गोयल
(C) श्री एन.के. मल्होत्रा (D) मुहम्मद असगर खान

964. उत्तर प्रदेश में स्वतंत्रता संग्राम सेनानी राज्य सम्मान पेंशन योजना किस वर्ष लागू की गई?

(A) 1947 में (B) 1949 में
(C) 1952 में (D) 1955 में

965. उत्तर प्रदेश में पुलिस ट्रेनिंग कॉलेज कहाँ स्थित है?

(A) इटावा, आगरा (B) मुरादाबाद, सीतापुर
(C) लखनऊ, कानपुर (D) मेरठ, गाजियाबाद

966. केंद्रीय कारागार, लखनऊ को आदर्श कारागार के रूप में निम्नलिखित में से किस वर्ष स्थापित किया गया था?

उत्तर के लिए कृपया पृष्ठ सं. 166 देखें।

(A) 1947 में (B) 1949 में
(C) 1953 में (D) 1957 में

967. निम्नलिखित में से किस नगर में संपूर्णानंद कारागार प्रशिक्षण संस्थान स्थित है?
(A) कानपुर (B) मेरठ
(C) इलाहाबाद (D) लखनऊ

968. निम्नलिखित में से किस नगर में निर्यातोन्मुख सॉफ्टवेयर पार्क स्थापित किया गया है?
(A) गाजियाबाद में (B) लखनऊ में
(C) कानपुर में (D) इलाहाबाद में

969. उत्तर प्रदेश भवन निम्नलिखित में से किस महानगर में स्थित है?
(A) नई दिल्ली में (B) मुंबई में
(C) कोलकाता में (D) लखनऊ में

970. उत्तर प्रदेश में किस कर से सर्वाधिक राजस्व की प्राप्ति होती है?
(A) आबकारी कर से (B) व्यापार कर से
(C) मनोरंजन कर से (D) स्टांप शुल्क से

971. मिट्टी तेल के थोक विक्रेता के लिए कब से भूमिगत टैंक रखना अनिवार्य कर दिया गया?
(A) 12 मार्च, 1995 से (B) 22 जून, 1997 से
(C) 1 अप्रैल, 1999 से (D) 19 दिसंबर, 2000 से

972. उत्तर प्रदेश राज्य सेतु निगम की स्थापना कब हुई थी?
(A) वर्ष 1965 में (B) वर्ष 1968 में
(C) वर्ष 1970 में (D) वर्ष 1973 में

973. उत्तर प्रदेश में लक्षित सार्वजनिक वितरण प्रणाली कब लागू की गई?
(A) मार्च 1996 में (B) जून 1997 में
(C) नवंबर 1997 में (D) जनवरी 1998 में

974. उत्तर प्रदेश प्रकाशन विभाग द्वारा निम्नलिखित में से किस पत्रिका का प्रकाशन नहीं किया जाता?
(A) उत्तर प्रदेश समाचार दर्शन (B) उत्तर प्रदेश वार्षिकी

उत्तर के लिए कृपया पृष्ठ सं. 166 देखें।

(C) उत्तर प्रदेश परिक्रमा (D) उत्तर प्रदेश

975. उत्तर प्रदेश में पृथक् एवं स्वतंत्र रूप से मत्स्य विकास विभाग की स्थापना कब की गई थी?

(A) वर्ष 1959 में (B) वर्ष 1962 में
(C) वर्ष 1964 में (D) वर्ष 1966 में

976. उत्तर प्रदेश विज्ञान एवं प्रौद्योगिकी परिषद् की स्थापना कब हुई थी?

(A) वर्ष 1972 में (B) वर्ष 1975 में
(C) वर्ष 1977 में (D) वर्ष 1980 में

977. उत्तर प्रदेश की निम्नलिखित में से कौन सी महिला संयुक्त राष्ट्र संघ महासभा के अध्यक्ष पद के लिए चुनी गई थीं?

(A) श्रीमती सुचेता कृपलानी (B) श्रीमती इंदिरा गांधी
(C) श्रीमती विजयलक्ष्मी पंडित (D) इनमें से कोई नहीं

978. सांख्यिकी एवं कार्यक्रम कार्यान्वयन मंत्रालय द्वारा वर्ष 2005 में जारी आँकड़ों के अनुसार रोजगार प्रदान करने में उत्तर प्रदेश का भारत में कौन सा स्थान था?

(A) दूसरा (B) तीसरा
(C) चौथा (D) पाँचवाँ

979. उत्तर प्रदेश में महिला डेरी कार्यक्रम की शुरुआत कब की गई?

(A) वर्ष 1996-97 में (B) वर्ष 1999-00 में
(C) वर्ष 2001-02 में (D) वर्ष 2002-03 में

980. उत्तर प्रदेश राज्य दुग्ध परिषद् का गठन निम्नलिखित में से किस वर्ष किया गया?

(A) वर्ष 1972 में (B) वर्ष 1976 में
(C) वर्ष 1978 में (D) वर्ष 1981 में

981. उत्तर प्रदेश सरकार ने किस वर्ष पर्यटन को उद्योग का दर्जा प्रदान किया?

(A) दिसंबर 1998 में (B) फरवरी 1999 में
(C) अक्तूबर 2000 में (D) मार्च 2001 में

982. उत्तर प्रदेश राज्य सरकार की सेवाओं में अधिकतम आयु सीमा बत्तीस वर्ष से बढ़ाकर कितने वर्ष की गई है?

उत्तर के लिए कृपया पृष्ठ सं. 166 देखें।

(A) 33 वर्ष (B) 34 वर्ष
(C) 35 वर्ष (D) 36 वर्ष

983. उत्तर प्रदेश राज्य कर्मचारी कल्याण निगम की स्थापना निम्नलिखित में से किस वर्ष की गई?
(A) वर्ष 1962 में (B) वर्ष 1965 में
(C) वर्ष 1968 में (D) वर्ष 1971 में

984. उत्तर प्रदेश में किस वर्ष मदिरा के विज्ञापनों पर रोक लगाई गई?
(A) वर्ष 1970 में (B) वर्ष 1972 में
(C) वर्ष 1976 में (D) वर्ष 1978 में

985. उत्तर प्रदेश अल्पसंख्यक आयोग का विधिवत् गठन कब किया गया?
(A) वर्ष 1992 में (B) वर्ष 1994 में
(C) वर्ष 1996 में (D) वर्ष 1998 में

986. उत्तर प्रदेश में नई पर्यटन नीति की घोषणा कब की गई थी?
(A) वर्ष 1991 में (B) वर्ष 1995 में
(C) वर्ष 1998 में (D) वर्ष 2001 में

987. उत्तर प्रदेश राज्य की आबादी का कितना प्रतिशत भाग हिंदी भाषी है?
(A) 88.02 प्रतिशत (B) 88.64 प्रतिशत
(C) 89.56 प्रतिशत (D) 89.92 प्रतिशत

988. उत्तर प्रदेश जल निगम की स्थापना निम्नलिखित मे से किस वर्ष की गई?
(A) 1970 में (B) 1972 में
(C) 1975 में (D) 1977 में

989. उत्तर प्रदेश जैव प्रौद्योगिकी विकास बोर्ड का गठन कब किया गया?
(A) 12 मार्च, 2002 को (B) 19 नवंबर, 2002 को
(C) 24 जून, 2003 को (D) 3 अक्तूबर, 2004 को

990. उत्तर प्रदेश सरकार ने शासकीय तथा सार्वजनिक उपक्रमों की नौकरियों में प्रतिभावान् खिलाड़ियों के लिए कितने प्रतिशत आरक्षण की व्यवस्था की है?
(A) 2 प्रतिशत (B) 4 प्रतिशत
(C) 5 प्रतिशत (D) 6 प्रतिशत

उत्तर के लिए कृपया पृष्ठ सं. 166-167 देखें।

991. उत्तर प्रदेश में मूल्यवर्द्धित टैक्स (वैट) लागू हुआ—
(A) 11 फरवरी, 2006 से (B) 24 अक्तूबर, 2007 से
(C) 1 जनवरी, 2008 से (D) 19 अप्रैल, 2009 से

992. उत्तर प्रदेश लोक सेवा प्राधिकरण किस वर्ष स्थापित किया गया?
(A) 1972 में (B) 1974 में
(C) 1976 में (D) 1980 में

993. उत्तर प्रदेश चलचित्र निगम की स्थापना किस वर्ष की गई?
(A) 1972 में (B) 1975 में
(C) 1978 में (D) 1982 में

994. भारत में सर्वप्रथम कुक्कुट विकास कार्यक्रम की शुरुआत वर्ष 1914 में उत्तर प्रदेश के किस जिले से की गई?
(A) बाराबंकी (B) एटा
(C) बरेली (D) अलीगढ़

995. उत्तर प्रदेश के निम्नलिखित में से किस स्थान पर रेल कोच बनाने का कारखाना स्थापित किया जा रहा है?
(A) मुरादाबाद (B) कानपुर
(C) रायबरेली (D) गोरखपुर

996. निम्नलिखित में से कौन सा युग्म सुमेलित नहीं है?
(A) नारी बंदी निकेतन—लखनऊ
(B) किशोर सदन—बरेली
(C) बाल कल्याण सदन—गोरखपुर
(D) जेल डिपो, अमीनाबाद—लखनऊ

997. 'एक मेज पर, एक छत के नीचे' योजना किससे संबंधित है?
(A) नौकरशाहों से (B) अध्यापकों से
(C) बेरोजगारों से (D) उद्यमियों से

998. जनसंख्या की दृष्टि से भारत का सबसे बड़ा संसदीय क्षेत्र है—
(A) उन्नाव (B) गाजियाबाद
(C) गोरखपुर
(D) रायबरेली

उत्तर के लिए कृपया पृष्ठ सं. 167 देखें।

999. उत्तर प्रदेश में किस वर्ष उद्यमिता विकास संस्थान की स्थापना की गई?

(A) 1980 में (B) 1982 में

(C) 1984 में (D) 1986 में

1000. उत्तर प्रदेश सरकार ने ई-डिस्ट्रिक्ट परियोजना का शुभारंभ किया :

(A) मार्च 2005 में (B) दिसंबर 2006 में

(C) सितंबर 2007 में (D) नवंबर 2008 में

□

उत्तर के लिए कृपया पृष्ठ सं. 167 देखें।

उत्तर-सूची

1. (A) उत्तरी
2. (B) लखनऊ
3. (C) संयुक्त प्रांत
4. (A) बंगाल प्रसीडेंसी
5. (A) 26 जनवरी, 1950 की
6. (B) 1 नवंबर, 1956
7. (B) 9 नवंबर, 2000 को
8. (A) उत्तराखंड
9. (A) 23°-52' से 30°-25' के मध्य
10. (B) 77°-3' से 84°-39' के मध्य
11. (C) 2,40,928 वर्ग कि.मी.
12. (C) पाँचवाँ
13. (D) 650 कि.मी.
14. (B) 240 कि.मी.
15. (A) लंबवत्
16. (D) 10
17. (C) लखीमपुर खीरी
18. (C) संत रविदास नगर (भदोही)
19. (D) उपर्युक्त सभी
20. (D) मछली
21. (C) बारहसिंगा
22. (A) सारस
23. (C) ब्रह्म कलश
24. (D) अशोक
25. (D) हॉकी
26. (A) 16.61 करोड़
27. (A) पहला
28. (B) 8.75 करोड़
29. (C) 7.86 करोड़
30. (A) 16.17 प्रतिशत
31. (C) 689 व्यक्ति
32. (A) 56.27 प्रतिशत
33. (B) 68.82 प्रतिशत
34. (A) 42.22 प्रतिशत
35. (D) 25.85 प्रतिशत
36. (C) 898
37. (A) आजमगढ़
38. (B) शाहजहाँपुर
39. (B) वाराणसी
40. (A) ललितपुर
41. (D) इलाहाबाद

42. (C) महोबा
43. (B) वाराणसी
44. (C) बलरामपुर
45. (B) कानपुर नगर
46. (C) श्रावस्ती
47. (A) कानपुर नगर
48. (B) श्रावस्ती
49. (A) कानपुर नगर
50. (D) उपर्युक्त सभी
51. (D) मध्य देश
52. (C) प्राचीन एवं नव पाषाणकाल दोनों के
53. (B) आलमगीर (मेरठ)
54. (A) मिर्जापुर
55. (D) उपर्युक्त सभी
56. (B) ब्रह्मर्षि देश
57. (C) 8
58. (D) उपर्युक्त सभी
59. (D) उपर्युक्त सभी
60. (B) मगध
61. (D) चोल वंश
62. (A) नंद वंश का
63. (A) 323 ई.पू. में
64. (D) गोरखपुर, आजमगढ़
65. (B) सारनाथ
66. (C) 137 वर्ष
67. (A) महावीर
68. (C) कुशीनगर
69. (C) कुषाणों ने
70. (C) कनिष्क प्रथम
71. (D) अतरंजीखेड़ा
72. (B) मथुरा में
73. (D) गुप्तकाल में मथुरा नगर महोदय श्री कहलाता था
74. (D) गुप्त वंश
75. (A) देवगढ़
76. (C) मथुरा, वाराणसी
77. (D) उपर्युक्त सभी
78. (D) नगेंद्रपाल
79. (B) कुतुबद्दीन ऐबक
80. (C) 1394 ई. में
81. (C) सिकंदर लोदी ने
82. (A) आगरा
83. (B) राणा साँगा
84. (B) लोदियों की
85. (C) शेरशाह सूरी ने
86. (A) शेरशाह सूरी की
87. (B) 1556 ई. में
88. (D) उपर्युक्त सभी
89. (A) अकबर
90. (B) गुजरात विजय
91. (B) फतेहपुर सीकरी
92. (C) शाहजहाँ ने
93. (D) कालपी से
94. (C) उत्तर प्रदेश को
95. (B) शाहजहाँ ने
96. (A) वीर छत्रसाल ने
97. (D) फर्रुखाबाद में
98. (B) 1732 ई. में
99. (D) 1761 ई. में
100. (A) 1765 ई. में
101. (C) मेरठ

102. (A) 10 मई, 1857
103. (C) उपर्युक्त दोनों
104. (B) नाना साहेब
105. (A) खान बहादुर खान
106. (A) नेपाल
107. (D) इटावा—तात्या टोपे
108. (B) 17 जून, 1858 को
109. (B) राष्ट्रवाद के बीज अंकुरित हुए
110. (D) रमाबाई
111. (A) कलकत्ता
112. (B) संयुक्त प्रांत
113. (D) उपर्युक्त सभी
114. (B) मदन मोहन मालवीय ने
115. (D) इटावा
116. (C) 74
117. (D) जॉर्ज यूले ने
118. (C) गोपालकृष्ण गोखले ने
119. (A) लखनऊ, 1935 ई.
120. (B) 9
121. (A) इलाहाबाद
122. (C) वर्ष 1916 में
123. (C) मोतीलाल नेहरू ने
124. (A) 5 फरवरी, 1922 को
125. (B) कानपुर
126. (A) कानपुर
127. (A) 9 अगस्त, 1925 को
128. (D) उपर्युक्त सभी को
129. (D) हिंदुस्तान सोशलिस्ट रिपब्लिकन एसोसिएशन
130. (B) आगरा
131. (A) चंद्रशेखर आजाद ने
132. (B) नॉट बावर
133. (D) उपर्युक्त सभी
134. (C) जवाहरलाल नेहरू ने
135. (D) उपर्युक्त सभी
136. (C) नवाब छतारी
137. (A) अप्रैल 1942 में
138. (C) पं. गोविंद बल्लभ पंत
139. (A) चित्तू पांडे
140. (A) पं. जवाहरलाल नेहरू
141. (A) 1921 ई. से
142. (C) भारत के लिए एक प्रायोगिक समाजवादी कार्यक्रम
143. (D) उपर्युक्त सभी
144. (B) 23 मार्च, 1931 को
145. (B) रामप्रसाद बिस्मिल
146. (C) इलाहाबाद
147. (B) पं. जवाहरलाल नेहरू ने
148. (B) भारत छोड़ो आंदोलन से
149. (C) लालबहादुर शास्त्री ने
150. (A) भारतेंदु हरिश्चंद्र ने
151. (A) भारतीय संविधान
152. (B) राष्ट्रपति
153. (C) राज्यपाल एवं मंत्रिपरिषद् द्वारा
154. (C) अनुच्छेद-153
155. (D) राज्यपाल प्रधानमंत्री को अपना त्यागपत्र सौंप सकता है
156. (A) राज्यपाल

157. (A) राज्यपाल
158. (A) विधान परिषद्
159. (B) मुख्यमंत्री
160. (D) उपर्युक्त सभी
161. (B) विधान परिषद् के सदस्यों की संख्या विधानसभा सदस्यों की संख्या के एक-तिहाई से अधिक नहीं होनी चाहिए
162. (C) 6 वर्ष
163. (A) 2 वर्ष
164. (D) 80
165. (C) 31
166. (D) 404
167. (D) 100
168. (C) 12
169. (C) कैबिनेट मंत्री
170. (A) 8 मार्च, 1952 को
171. (D) 31 मार्च, 1957 को
172. (C) इलाहाबाद में
173. (A) लखनऊ में
174. (A) राष्ट्रपति
175. (D) श्रीमती सरोजिनी नायडू
176. (A) पं. गोविंद बल्लभ पंत
177. (C) श्रीमती सुचेता कृपलानी
178. (C) राजर्षि पुरुषोत्तम दास टंडन
179. (A) चंद्रभाल
180. (B) भोलानाथ झा
181. (D) विश्वंभर दयाल
182. (C) 18
183. (C) 71
184. (B) 306
185. (C) वर्ष 1959 में
186. (C) त्रि-स्तरीय
187. (D) आंचलिक परिषद्
188. (A) 5 वर्ष
189. (B) ग्राम प्रधान
190. (C) बस्ती
191. (D) 5 लाख से अधिक
192. (B) 20 हजार से अधिक
193. (C) 226
194. (C) 11
195. (D) उपर्युक्त सभी
196. (B) 704
197. (D) 8135
198. (C) 52,029
199. (C) लखनऊ में
200. (A) इलाहाबाद में
201. (D) उपर्युक्त सभी
202. (C) उत्तर का पर्वतीय प्रदेश
203. (B) तराई क्षेत्र
204. (C) देवरिया
205. (C) मैदानी क्षेत्र की भूमि की उर्वरा शक्ति काफी कम है
206. (D) यहाँ वर्षा काफी कम होती है
207. (D) उपर्युक्त सभी
208. (C) बाँगर तथा खादर क्षेत्र दोनों
209. (A) बुंदेलखंड का पठार

210. (B) 45,200 वर्ग कि.मी.
211. (D) इस क्षेत्र के पठारों की औसत ऊँचाई 800 मीटर से अधिक है
212. (C) दक्षिण के पठारी प्रदेश में
213. (A) काँप मिट्टी
214. (D) रेगुर
215. (C) इस मिट्टी में उर्वरा शक्ति काफी कम होती है
216. (C) भूड़
217. (C) मिर्जापुर व सोनभद्र दोनों जिलों में
218. (B) घाघरा-चंबल दोआब
219. (B) 300 मीटर
220. (C) गंगा तथा यमुना
221. (C) सोन
222. (D) गंडक-लघु हिमालय
223. (C) राप्ती
224. (D) टौंस, राप्ती
225. (A) सहारनपुर
226. (B) इलाहाबाद
227. (B) गाजीपुर
228. (D) रामगंगा
229. (C) मथुरा
230. (A) सहारनपुर
231. (D) आसन-गाजियाबाद
232. (D) लखनऊ
233. (D) मिर्जापुर
234. (A) राप्ती
235. (B) सरयू
236. (C) चंबल
237. (D) केन
238. (D) कानपुर
239. (B) सोन
240. (D) नर्मदा
241. (C) मिर्जापुर
242. (B) बेतवा
243. (C) रामगंगा बाँध
244. (D) मुसा कहंद बाँध-30 मीटर
245. (D) उपर्युक्त सभी
246. (B) 40° सेल्सियस
247. (D) जून के अंतिम सप्ताह में
248. (C) उत्तर प्रदेश में जून व जुलाई माह में अधिक वर्षा होती है
249. (A) गोरखपुर
250. (B) मथुरा
251. (C) 23 मार्च, 1974 को
252. (C) खनिज भंडारों का व्यापारिक उत्खनन
253. (D) 29 दिसंबर, 1998 को
254. (D) उपर्युक्त सभी
255. (B) चूना-पत्थर
256. (A) डोलोमाइट
257. (C) उपर्युक्त दोनों
258. (D) यूरेनियम
259. (B) सेलखड़ी
260. (C) मिर्जापुर एवं सोनभद्र जनपदों में

261. (B) ललितपुर
262. (D) उपर्युक्त सभी
263. (A) झाँसी एवं हमीरपुर
264. (C) उपर्युक्त दोनों क्षेत्रों में
265. (B) वाराणसी एवं बाँदा में
266. (A) नॉन प्लास्टिक फायर क्ले
267. (A) बाँदा एवं मिर्जापुर
268. (D) उपर्युक्त सभी
269. (C) ललितपुर में
270. (B) 20 प्रतिशत
271. (B) 8 प्रतिशत
272. (C) कानपुर
273. (C) चुर्क तथा डल्ला दोनों में
274. (A) प्रथम
275. (C) 30 प्रतिशत
276. (C) कानपुर
277. (C) तृतीय
278. (D) वाराणसी, इटावा
279. (D) उपर्युक्त सभी
280. (C) मिर्जापुर
281. (C) कानपुर
282. (D) उपर्युक्त सभी
283. (C) फिरोजाबाद
284. (C) गोरखपुर, पीतल के बरतन
285. (B) मेरठ, आगरा
286. (B) कानपुर
287. (C) लखनऊ, कानपुर
288. (B) लखनऊ में
289. (D) तेलशोधक कारखाना
290. (B) कानपुर
291. (A) वाराणसी
292. (B) लखनऊ
293. (B) गोरखपुर, इलाहाबाद
294. (C) गाजियाबाद में
295. (B) लखनऊ
296. (A) नैनी (इलाहाबाद)
297. (C) कानपुर में
298. (D) झाँसी में
299. (B) लखनऊ में
300. (B) नैनी (इलाहाबाद)
301. (A) 1 मई, 1920 को
302. (D) उपर्युक्त सभी
303. (B) वर्ष 1976 में
304. (A) 21 प्रतिशत
305. (D) 78 प्रतिशत
306. (B) 20 प्रतिशत
307. (C) 88 प्रतिशत
308. (C) 68 प्रतिशत
309. (A) गेहूँ
310. (D) उपर्युक्त सभी
311. (B) द्वितीय
312. (B) द्वितीय
313. (D) उपर्युक्त सभी
314. (C) उपर्युक्त दोनों
315. (B) 13 प्रतिशत
316. (A) अप्रैल मई में
317. (C) सितंबर-अक्तूबर में
318. (B) बाजरे की खेती मुख्य रूप से शीत जलवायु वाले क्षेत्रों में होती है

319. (B) मई-जून में
320. (C) अगस्त-सितंबर में
321. (C) मक्का, जौ
322. (C) ज्वार, बाजरा
323. (D) उत्तर प्रदेश प्रमुख चना उत्पादक राज्य है
324. (C) 36 प्रतिशत
325. (C) दक्षिण का पठारी प्रदेश
326. (A) प्रथम
327. (D) उत्तर प्रदेश में तंबाकू का उत्पादन निर्यात के लिए किया जाता है
328. (D) उपर्युक्त सभी
329. (A) प्रथम
330. (A) प्रथम
331. (B) 38 प्रतिशत
332. (D) संतरा, गोरखपुर
333. (A) प्रथम
334. (A) प्रथम
335. (C) 89.7 कि.ग्रा.
336. (A) 128.28 लाख हेक्टेयर
337. (D) 182.2 लाख हेक्टेयर
338. (D) 311.67 लाख हेक्टेयर
339. (D) 21.2 प्रतिशत
340. (B) 71.4 प्रतिशत
341. (C) 6.5 प्रतिशत
342. (B) शारदा नहर
343. (B) निचली गंगा नहर
344. (C) इस नहर से 50,000 हेक्टेयर भूमि सींची जाती है
345. (B) गंडक नहर
346. (C) घाघरा नहर
347. (B) केन नहर
348. (C) कर्मनाशा
349. (B) ललितपुर बाँध की नहर
350. (C) सोनभद्र
351. (B) 33 प्रतिशत
352. (C) 8.8 प्रतिशत
353. (D) 21,291 वर्ग कि.मी.
354. (D) उपर्युक्त सभी
355. (A) तराई व भावर क्षेत्र में
356. (D) कत्था, फुलाई
357. (B) उष्णकटिबंधीय शुष्क पर्णपाती वन
358. (C) देवदार
359. (B) 50 से 75 सें.मी.
360. (D) इन वनों के वृक्षों के तने व पत्तियाँ मुलायम तथा चिकनी होती हैं
361. (C) 6
362. (B) वर्ष 1935 में
363. (A) 1952 की वन नीति
364. (D) बलिया, चीनी मिट्टी के बरतन
365. (C) खिलौने
366. (B) प्लाईवुड
367. (A) उत्तर प्रदेश
368. (A) वर्ष 1956 में
369. (B) वर्ष 1972 में
370. (D) 42वें
371. (C) 4.3 प्रतिशत

372. (A) 25 नवंबर, 1974 को
373. (A) 1
374. (D) 24
375. (B) 13
376. (D) इस पार्क में हाथियों का पुनर्वास किया गया है।
377. (D) रानीपुर वन्य जीव विहार, 1980
378. (A) 78
379. (C) वर्ष 1972 वर्ष में
380. (C) 410 वर्ग कि.मी.
381. (B) 457 वर्ग कि.मी.
382. (B) वाराणसी
383. (D) कैमूर वन्य जीव विहार, 1989
384. (A) राष्ट्रीय चंबल वन्य जीव विहार
385. (C) बहराइच व गोंडा में
386. (B) 2,073 वर्ग कि.मी.
387. (D) महावीर स्वामी वन्य जीव विहार
388. (C) मिर्जापुर, सोनभद्र
389. (D) उपर्युक्त सभी
390. (D) विजय सागर पक्षी विहार—1994
391. (C) 30
392. (A) ओखल पक्षी विहार
393. (B) 30
394. (C) एटा
395. (C) पटना पक्षी विहार–9 वर्ग कि.मी.
396. (D) आगरा
397. (A) सुरहताल पक्षी विहार
398. (B) हमीरपुर
399. (C) गोंडा
400. (A) उन्नाव
401. (A) 1,07,963
402. (D) 0.06
403. (B) 55,834
404. (A) 52,129
405. (C) लखीमपुर खीरी
406. (D) उपर्युक्त सभी
407. (B) अंबेडकर नगर
408. (D) महाराजगंज, 8,213
409. (C) थारू तथा बुक्सा दोनों
410. (D) उपर्युक्त सभी
411. (C) व्यवसाय
412. (D) महोरिया
413. (D) लंबी नाक
414. (B) राणा
415. (C) उपर्युक्त दोनों में
416. (B) पछिमहा
417. (C) जोगिया
418. (D) थारू जनजाति के घर में बैठक कमरे का काफी महत्त्व है
419. (A) हिंदुओं से
420. (C) वृद्ध पुरुष
421. (B) फाल्गुन माह के शुक्ल पक्ष में
422. (A) चावल
423. (D) उपर्युक्त सभी
424. (B) पीपल

425. (B) उप-प्रधान
426. (B) थारू समाज में स्त्रियों का स्तर निम्न होता है
427. (C) वर्ष 1967 में
428. (D) गौतम बुद्ध नगर
429. (D) उपर्युक्त सभी
430. (C) इनकी नाक लंबी होती है
431. (D) बुक्सा समाज में क्षत्रिय सबसे ऊँचा स्थान रखते हैं
432. (D) उपर्युक्त सभी
433. (B) मँझरा
434. (A) तरवत
435. (C) बुक्सा जनजाति में अंधविश्वास काफी कम है
436. (A) बिजनौर
437. (D) मछुआरे
438. (B) माहीगीर
439. (C) माहीगीर जनजाति की आर्थिक स्थिति काफी मजबूत है
440. (C) बादशाह और वजीर दोनों की
441. (A) मिर्जापुर
442. (D) आखेट
443. (D) चौसर, कनकोर
444. (A) हिंदू धर्म
445. (C) खरवार जनजाति के लोग पूर्णत: मांसाहारी होते हैं
446. (D) थारू
447. (B) थारू
448. (D) इनमें से कोई नहीं
449. (B) बुक्सा
450. (B) लखीमपुर खीरी
451. (B) वर्ष 1976 में
452. (D) स्कूल चलो अभियान
453. (D) उपर्युक्त सभी
454. (A) प्राथमिक शिक्षा
455. (C) एक-तिहाई
456. (C) वर्ष 1981 में
457. (B) वर्ष 1995 में
458. (B) वर्ष 1994 में
459. (C) वर्ष 1987-88 में
460. (D) शिक्षा गारंटी योजना-सभी वर्गों को प्राथमिक शिक्षा सुलभ कराना
461. (B) 5
462. (D) 16
463. (D) 29
464. (B) 940
465. (C) 6
466. (C) 1916 में
467. (A) 1921 में
468. (B) 1921 में
469. (C) 1957 में
470. (C) 1927 में
471. (D) 1987 में
472. (A) 1989 में
473. (B) 1975 में
474. (C) 1987 में
475. (D) 1974 में

476. (B) 1958 में
477. (A) 1965 में
478. (B) 1975 में
479. (A) 1975 में
480. (C) 1965 में
481. (B) 1974 में
482. (A) 1974 में
483. (D) 1998-99 में
484. (C) चंद्रशेखर आजाद कृषि एवं प्रौद्योगिकी विश्वविद्यालय, कानपुर
485. (D) केंद्रीय उच्च तिब्बती शिक्षा संस्थान, सारनाथ वाराणसी, 1994
486. (C) 34
487. (D) देवरिया
488. (C) गाजियाबाद
489. (A) 9
490. (A) 3
491. (C) लखनऊ में
492. (C) इलाहाबाद विश्वविद्यालय
493. (D) इलाहाबाद
494. (C) गोरखपुर
495. (A) 3
496. (C) ग्रेटर नोएडा
497. (C) उपर्युक्त दोनों को
498. (A) कानपुर
499. (B) लखनऊ
500. (C) आगरा
501. (A) 1948-49 में
502. (D) उपर्युक्त सभी
503. (A) 1978-79 में
504. (C) 25 जून, 1976
505. (D) 2005-06 से
506. (B) 1972 में
507. (A) 15 अगस्त, 1989 को
508. (B) वर्ष 2001-02 से
509. (C) 1 जनवरी, 1996 से
510. (A) 17 नवंबर, 1984 को
511. (D) जुलाई 2006 से
512. (A) 21 मार्च, 2005 से
513. (B) वर्ष 1975 से
514. (C) 2 अक्तूबर, 2003 से
515. (C) वर्ष 1995 में
516. (A) 10 हजार रुपए
517. (B) लखनऊ में
518. (C) 1999 में
519. (D) 90 प्रतिशत
520. (A) वर्ष 1985-86 में
521. (A) जालौन, बिजनौर
522. (B) 8 मार्च 2001 से
523. (D) मार्च, 1988 में
524. (D) विक्रम योजना
525. (B) 1977 में
526. (C) 9 फरवरी, 2004 से
527. (A) 1985 में
528. (C) 25 दिसंबर, 2000 को
529. (C) उपर्युक्त दोनों से
530. (A) वर्ष 1980-81 में
531. (C) वर्ष 1979-80 में
532. (A) 1981-82 में

533. (A) वर्ष 1952 में
534. (B) वर्ष 2004-05 में
535. (B) 2 अक्तूबर, 1993 को
536. (C) अप्रैल 1982 में
537. (A) 15 अगस्त, 2000 को
538. (B) वर्ष 1986 में
539. (C) 1 अप्रैल, 1999 को
540. (C) वर्ष 1998-99 में
541. (A) वर्ष 1982-83 में
542. (B) विद्यार्थी सुरक्षा बीमा योजना
543. (B) वर्ष 1969 में
544. (C) वर्ष 2004-05 में
545. (A) 10 सितंबर, 2007 को
546. (D) 2 दिसंबर, 2001 को
547. (B) 10 अगस्त, 2000 को
548. (C) वर्ष 1999-00 को
549. (A) सितंबर, 2007 में
550. (D) उपर्युक्त सभी
551. (A) वर्ष 1911 में
552. (B) वर्ष 1925 में
553. (C) ललित मोहन सेन ने
554. (A) 1973 में
555. (B) 10 सितंबर, 1975 को
556. (C) 1936 में
557. (A) वर्ष 1949 में
558. (B) 1957 में
559. (C) उपर्युक्त दोनों
560. (B) 100 वर्ष
561. (A) वर्ष 1951 में
562. (D) मेरठ
563. (B) 27 अगस्त, 1996 को
564. (A) 3 अप्रैल को
565. (A) काशी
566. (B) ललित मोहन सेन की
567. (B) 1976 में
568. (C) जगन्नाथ मुरलीधर को
569. (B) अमीर खुसरो ने
570. (C) वृंदावन में
571. (C) शहनाई
572. (C) 1962 में
573. (B) वर्ष 1950 में
574. (B) संस्कृति शिक्षा परिषद्
575. (D) सारनाथ शैली या बुद्ध शैली
576. (D) 50
577. (C) रामाश्रय
578. (B) जौनपुर
579. (C) सितार
580. (B) आगरा घराना
581. (D) उपर्युक्त सभी
582. (C) रामपुर घराना
583. (B) लखनऊ के
584. (D) सैनिया घराना
585. (A) कथक शैली
586. (D) महाराज बिंदादीन ने
587. (D) उपर्युक्त सभी
588. (B) कजरी
589. (D) उपर्युक्त सभी
590. (B) चरकुला
591. (C) आगरा, मेरठ
592. (A) देवी

593. (C) नौटंकी
594. (B) जोगिनी
595. (C) उपर्युक्त दोनों
596. (D) पाई डंडा
597. (A) धीवर
598. (B) मिर्जापुर में
599. (B) शैरा
600. (A) छपेली
601. (A) राजकीय संग्रहालय, लखनऊ
602. (B) 1853 में
603. (D) 1957 में
604. (A) कुशीनगर में
605. (C) 1904 में
606. (B) 1874 में
607. (C) 1912 में
608. (B) 1931 में
609. (D) उपर्युक्त सभी
610. (A) बाँदा
611. (B) वाराणसी
612. (A) लखनऊ
613. (C) 70
614. (C) मथुरा का संग्रहालय
615. (B) 1977-78 में
616. (C) बरेली में
617. (B) वर्ष 1988-89 में
618. (D) लखनऊ संग्रहालय
619. (B) 1988 में
620. (C) कन्नौज में
621. (B) वर्ष 1974 में
622. (C) रामपुर में
623. (C) प्रांतीय हाइजीन इंस्टीट्यूट, लखनऊ
624. (B) मेरठ
625. (A) गोरखपुर में
626. (C) गोरखपुर में
627. (B) वर्ष 1989 में
628. (D) उपर्युक्त सभी
629. (B) वाराणसी को
630. (C) गाजियाबाद को
631. (B) मलीहाबाद
632. (C) कन्नौज को
633. (D) गोरखपुर को
634. (B) गाजीपुर को
635. (D) उपर्युक्त सभी
636. (C) रामपुर को
637. (C) जौनपुर को
638. (B) आगरा को
639. (C) फिरोजाबाद को
640. (B) अलीगढ़ को
641. (B) मुरादाबाद को
642. (A) वाराणसी को
643. (D) कानपुर को
644. (A) बरेली को
645. (C) कानपुर को
646. (C) घाटों का शहर
647. (B) बरेली को
648. (C) मेरठ को
649. (D) रामपुर को
650. (C) गाजियाबाद को
651. (C) शाहजहाँ ने
652. (D) ताजमहल गंगा नदी के

किनारे स्थित है

653. (C) फतेहपुर सीकरी में

654. (C) इलाहाबाद की गणना प्रमुख आर्थिक नगरों में की जाती है

655. (A) बीरबल का महल

656. (D) काशी गंगा तथा यमुना नदियों के तट पर स्थित है

657. (D) उपर्युक्त सभी

658. (A) चंदेलों द्वारा

659. (C) उपर्युक्त दोनों का

660. (A) 1613 ई. में

661. (C) देवगढ़

662. (C) गहड़वाल रानी कुमार देवी ने सारनाथ में तालाब बनवाया था

663. (C) प्रतापगढ़ में

664. (A) हस्तिनापुर सहारनपुर जिले में स्थित है

665. (A) लखनऊ में

666. (B) अतरंजीखेड़ा

667. (D) फर्रुखाबाद काँच की चूड़ियाँ, काँच की सजावट सामग्री

668. (C) गोरखपुर

669. (B) दधीचि ने

670. (C) गोंडा

671. (A) मथुरा

672. (C) जौनपुर

673. (C) बाँदा

674. (B) लखनऊ को उसकी पहचान वैदिक काल में मिली

675. (C) सावन के महीने में यहाँ मेले का आयोजन होता है

676. (C) कानपुर

677. (A) संकिसा में

678. (A) कौशांबी

679. (A) गढ़वा

680. (D) उपर्युक्त सभी

681. (C) फाहियान ने अयोध्या में अनेक बौद्ध मंदिरों का उल्लेख किया है

682. (B) कड़ा

683. (C) कन्नौज

684. (B) फर्रुखाबाद

685. (C) चुनार

686. (C) भीतरगाँव

687. (A) सोरों (एटा)

688. (B) विंध्याचल

689. (C) शृंगवेरपुर

690. (C) नंदगाँव

691. (C) कालपी

692. (D) उपर्युक्त सभी

693. (A) प्रयाग

694. (D) नैमिषारण्य मेला, बाराबंकी

695. (B) बरसाना में

696. (A) अनूपशहर में

697. (A) नवरात्र में

698. (D) कंपिल मेला, झाँसी

699. (A) मेरठ

700. (B) बटेश्वर मेला—कानपुर
701. (A) 15 मई, 1947 को
702. (B) 1 जून, 1972 को
703. (B) धारा-18 में
704. (A) 2,63,000 कि.मी.
705. (C) 104 हजार कि.मी.
706. (B) 91 हजार कि.मी.
707. (A) 9,022 कि.मी.
708. (D) 97,471 कि.मी.
709. (D) 72,931 कि.मी.
710. (D) 8
711. (C) 9
712. (D) कुशीनगर, देवरिया, महाराजगंज
713. (C) राष्ट्रीय राजमार्ग 5
714. (A) राष्ट्रीय राजमार्ग-2
715. (B) 19
716. (A) राष्ट्रीय राजमार्ग-29
717. (A) गाजियाबाद-कानपुर
718. (D) गोरखपुर-कानपुर-27
719. (A) राष्ट्रीय राजमार्ग-2
720. (B) गोरखपुर
721. (B) इलाहाबाद
722. (D) वाराणसी
723. (A) 2
724. (B) 8,926 कि.मी.
725. (A) 1952 में
726. (C) 2003 में
727. (C) इलाहाबाद
728. (D) इलाहाबाद
729. (B) वाराणसी में
730. (D) पडरौना (कुशीनगर)
731. (B) रायबरेली
732. (A) आगरा
733. (C) सहारनपुर
734. (D) उपर्युक्त सभी
735. (A) 2
736. (B) 17,627
737. (C) 1972 में
738. (D) उपर्युक्त सभी
739. (C) 1986 में
740. (C) उपर्युक्त दोनों
741. (A) नोएडा
742. (B) गाजियाबाद
743. (A) आगरा से कोलकाता
744. (B) 2000 में
745. (A) 1997 में
746. (C) 3,117
747. (B) लखनऊ-दिल्ली
748. (D) गाजियाबाद
749. (C) 2002 में
750. (C) उपर्युक्त दोनों नगरों में
751. (A) कोयला
752. (B) 55,896
753. (D) 197 यूनिट
754. (C) काँटी ताप विद्युत् केंद्र
755. (B) ऊँचाहार (रायबरेली)
756. (C) कानपुर
757. (D) झाँसी
758. (D) उपर्युक्त सभी
759. (B) पिपरी (मिर्जापुर)
760. (A) वर्ष 1942 में

761. (C) सोवियत संघ
762. (A) बनबासा (पीलीभीत)
763. (D) इस परियोजना को जर्मनी के सहयोग से पूरा किया गया है
764. (B) झाँसी में
765. (B) 106.2 करोड़ टन
766. (A) सिंगरौली से
767. (B) सोनभद्र
768. (A) बुलंदशहर
769. (D) 470 मेगावाट
770. (B) राजघाट बाँध परियोजना
771. (B) वर्ष 1983 में
772. (D) उपर्युक्त सभी
773. (A) चिनहट (लखनऊ)
774. (B) केंद्रीय विद्युत् प्राधिकरण
775. (B) वर्ष 1969 में
776. (D) 2,28,260 लाख कि.वा./घंटा
777. (C) रुड़की विश्वविद्यालय, रुड़की
778. (B) केंद्र सरकार की
779. (A) 1983-84 में
780. (C) रायबरेली में
781. (A) 13 जुलाई, 1982 को
782. (B) लखनऊ
783. (D) वर्ष 1992 में
784. (B) इलाहाबाद में
785. (A) नदियों के जल की गुणवत्ता की जानकारी
786. (A) ऑपरेशन ग्रीन राज्य
787. (C) वर्ष 1985 में
788. (B) 31 मार्च, 2000 को
789. (D) लखनऊ में
790. (C) 19 नवंबर
791. (A) 3 फरवरी,1975 को
792. (B) वर्ष 1980 में
793. (D) उपर्युक्त सभी
794. (A) मार्च 1993 में
795. (B) लखनऊ विश्वविद्यालय, लखनऊ ने
796. (D) उपर्युक्त सभी
797. (B) सितंबर 1974 में
798. (A) 23 जून, 1993 को
799. (B) 5 जून को
800. (B) आगरा
801. (D) उपर्युक्त सभी
802. (B) यशोधरा
803. (D) संत कबीर
804. (A) लमही
805. (D) प्रेमसागर
806. (B) रायबरेली में
807. (A) वाराणसी में
808. (B) मधुयामिनी
809. (D) यशपाल
810. (A) सच्चिदनंद हीरानंद वात्स्यायन 'अज्ञेय'
811. (C) फर्रुखाबाद में
812. (C) उर्वशी
813. (A) प्रयाग में
814. (B) झाँसी में

815. (C) मेरा बचपन
816. (A) वाराणसी में
817. (C) मथुरा में
818. (D) डॉ. नागेंद्र
819. (B) राहुल सांकृत्यायन
820. (A) आगरा में
821. (D) वाराणसी में
822. (A) नवज्योति
823. (C) 30 दिसंबर, 1976 को
824. (A) 1994 में
825. (B) 1982 में
826. (C) 1972 में
827. (A) जनवरी 1845 से
828. (B) सुधाकर
829. (C) आगरा
830. (B) कालाकाँकर (प्रतापगढ़)
831. (A) महर्षि दयानंद
832. (C) भारत बंधु
833. (B) वर्ष 1883 में
834. (C) रामकृष्ण वर्मा ने
835. (A) आर्य विनय
836. (B) 1900 में
837. (D) वर्ष 1920 में
838. (B) गाजियाबाद
839. (C) वर्ष 1948 में
840. (B) दैनिक जागरण
841. (B) वाराणसी
842. (D) प्रभात खबर
843. (B) मथुरा
844. (A) धन्वंतरी
845. (C) आगरा
846. (B) मथुरा
847. (A) गोरखपुर
848. (B) नई तालीम
849. (B) अध्यापक संदेश
850. (D) प्रेस भारती
851. (A) उस्ताद बिस्मिल्लाह खाँ
852. (C) श्री उमाशंकर दीक्षित
853. (D) श्री रघुनाथ शर्मा
854. (C) श्री रामकिंकर उपाध्याय
855. (A) श्री वीरेंद्र दयाल
856. (C) डॉ. प्रीतम सिंह
857. (C) 1994 में
858. (D) उपर्युक्त सभी
859. (C) उपहार सामग्री
860. (D) साहित्य एवं पत्रकारिता
861. (A) 2
862. (C) 5 लाख रुपए
863. (A) 1 लाख रुपए
864. (B) डॉ. रामदरश मिश्र
865. (A) श्रीनिवास रथ को
866. (C) 1 लाख 51 हजार रुपए
867. (B) प्रो. श्रीराम पांडेय को
868. (C) कालिदास सम्मान
869. (B) उत्तर प्रदेश साहित्य सम्मान
870. (C) 2 लाख 51 हजार रुपए
871. (D) सृजन भूषण सम्मान
872. (A) गणेश शंकर विद्यार्थी पुरस्कार
873. (C) श्रीकृष्ण शलभ
874. (D) पत्रकारिता भूषण सम्मान

875. (B) डॉ. परमानंद श्रीवास्तव को
876. (C) पत्रकारिता भूषण सम्मान
877. (C) डॉ. कुँवर बेचैन
878. (C) अवंतीबाई सम्मान
879. (B) डॉ. वेदप्रताप वैदिक
880. (A) पं. दीनदयाल उपाध्याय सम्मान
881. (D) कैलाश चंद्र मिश्र को
882. (A) डॉ. श्याम सिंह 'शशि' को
883. (B) बाल साहित्य भारती सम्मान, राजेंद्र सिंह
884. (C) हिंदी अनुवाद कला सम्मान
885. (D) उपर्युक्त सभी
886. (A) 1987-88 में
887. (B) 25
888. (B) पत्रकारिता
889. (B) पुलिस शौर्य पुरस्कार
890. (A) 1985 में
891. (C) संगीत रत्न पुरस्कार
892. (B) लच्छू महाराज पुरस्कार
893. (C) उपर्युक्त दोनों
894. (A) जीलानी बानो को
895. (C) मुख्तार अहमद आरजू को
896. (C) वर्ष 2001 में
897. (B) 1 लाख रुपए
898. (A) सितंबर 2004 में
899. (C) साक्षरता
900. (D) भारतेंदु पुरस्कार, साहित्यिक आलेख
901. (B) 1974 में
902. (A) प्रत्येक वर्ष
903. (C) खिलाड़ियों को रोजगार उपलब्ध कराना
904. (B) खेल निदेशालय
905. (B) 1975 में
906. (A) ध्यानचंद स्टेडियम
907. (A) कानपुर
908. (B) क्रिकेट
909. (B) 1988 में
910. (C) लखनऊ
911. (A) लखनऊ में
912. (C) रामपुर
913. (D) मेजर ध्यानचंद को
914. (B) हॉकी
915. (A) मेरठ, आगरा
916. (D) राजेंद्र सिंह
917. (B) कुश्ती
918. (B) रविंद्र लाल पांडेय
919. (A) सुरेश सिंह, कुश्ती
920. (C) अशोक कुमार
921. (D) सैयद अली
922. (B) वॉलीबॉल
923. (C) टेबल टेनिस
924. (B) मसूद वलीम
925. (D) एस.एन. यादव
926. (A) पावर लिफ्टिंग
927. (A) वाराणसी में
928. (D) इंदिरा मैराथन
929. (D) उपर्युक्त सभी

930. (C) 25 दिसंबर, 2007 को
931. (B) अंतरराष्ट्रीय खेल में उत्कृष्ट प्रदर्शन करनेवाले प्रदेश के खिलाड़ियों को
932. (B) 30 लाख
933. (C) 20 लाख
934. (C) 15 लाख
935. (B) 15 लाख
936. (B) 10 लाख
937. (C) रुद्र प्रताप सिंह
938. (A) आनंद शुक्ला
939. (C) उपर्युक्त दोनों
940. (B) वर्ष 1974 में
941. (B) खिलाड़ी कम-से -कम ग्रेजुएट होना चाहिए
942. (C) 25 हजार रुपए
943. (B) अवनीश कुमार यादव
944. (D) उपर्युक्त सभी
945. (D) ज्ञानेंद्र पांडेय
946. (B) हॉकी
947. (C) भैया लाल, एथलेटिक्स
948. (D) अभिन्न गुप्ता
949. (B) ललित पटेल
950. (D) बेस्ट फिजिक
951. (A) वर्ष 1950 में
952. (B) वर्ष 1954 में
953. (B) वर्ष 1965 में
954. (D) वर्ष 1944 में
955. (A) मुख्यमंत्री
956. (B) 35 हजार
957. (C) 1957 में
958. (B) आगरा
959. (C) अगस्त 1992 में
960. (D) 1988 में
961. (B) लखनऊ
962. (A) 12 अक्तूबर, 2005 को
963. (D) मुहम्मद असगर खान
964. (A) 1947 में
965. (B) मुरादाबाद, सीतापुर
966. (B) 1949 में
967. (D) लखनऊ
968. (C) कानपुर में
969. (A) नई दिल्ली में
970. (B) व्यापार कर से
971. (C) 1 अप्रैल, 1999 से
972. (D) वर्ष 1973 में
973. (B) जून 1997 में
974. (C) उत्तर प्रदेश परिक्रमा
975. (D) वर्ष 1966 में
976. (B) वर्ष 1975 में
977. (C) श्रीमती विजयलक्ष्मी पंडित
978. (D) पाँचवाँ
979. (A) वर्ष 1996-97 में
980. (B) वर्ष 1976 में
981. (B) फरवरी 1999 में
982. (C) 35 वर्ष
983. (B) वर्ष 1965 में
984. (C) वर्ष 1976 में
985. (B) वर्ष 1994 में
986. (C) वर्ष 1998 में
987. (B) 88.64 प्रतिशत

988. (C) 1975 में
989. (D) 3 अक्तूबर, 2004 को
990. (A) 2 प्रतिशत
991. (C) 1 जनवरी, 2008 से
992. (C) 1976 में
993. (A) 1972 में
994. (B) एटा
995. (C) रायबरेली
996. (C) बाल कल्याण सदन, गोरखपुर
997. (D) उद्यमियों से
998. (A) उन्नाव
999. (D) 1986 में
1000. (C) सितंबर 2007 में

□□□

* 9 7 8 9 3 5 2 6 6 6 2 5 6 *

MAN - #0692 - 230726 - C0 - 216/140/9 - PB - 9789352666256 - Matt Lamination